Dieses Buch gehört:

____

In dieser Reihe erschienen:

ISBN 978-3-649-61375-6

ISBN 978-3-649-61737-2

ISBN 978-3-649-61738-9

FSC
www.fsc.org
MIX
Papier aus verantwortungsvollen Quellen
FSC® C110508

5 4 3 2 1
ISBN 978-3-649-61374-9

Text: Lucie May
Dieses Werk wurde vermittelt durch die Literarische Agentur
Thomas Schlück GmbH, 30827 Garbsen
Illustrationen: Dagmar Henze
Lektorat: Sara Mehring
Satz: Helene Hillebrand
Printed in Germany

www.coppenrath.de

Lucie May

Fritzi Pferdeglück

Das Fohlen von der Westernranch

Mit Illustrationen von Dagmar Henze

COPPENRATH

1. Kapitel

„Herzlichen Glückwunsch, Friederike." Herr Gustel grinste. Fast freundlich. Und ich schöpfte ein wenig Hoffnung. Sollte mir das Wunder gelungen sein?

„Du hast dich gesteigert."

„Echt?", hauchte ich.

„Von vier auf fünf! Ich bin begeistert." Damit knallte er mir meine Mathearbeit auf den Tisch. „Weniger Hottehüs im Kopf, dafür öfter mal das logische Denken trainieren. Sonst sehe ich schwarz für deine Versetzung in die fünfte Klasse!"

Im nächsten Moment klingelte es. In Windeseile packte ich meine Sachen zusammen und meine Freundin Janne flüsterte mir zu: „Zum Glück müssen wir den blöden Anzugaffen die nächsten drei Wochen nicht ertragen."

„Was der Gustel wohl macht, wenn er keine Schüler quälen kann?!“, murmelte ich zurück.

Janne kicherte. „Bestimmt nutzt er die Zeit, um sich neue Gemeinheiten auszudenken.“

Garantiert! Herr Gustel-Lindemann war nämlich der gruseligste Lehrer, den man sich vorstellen konnte.

Zu Hause erwartete mich dann der nächste Knaller des Tages. Mama stand in der geöffneten Haustür und blickte mich irgendwie komisch an, als ich mein Rad abstellte.

„Fritzi, ich muss dir etwas sagen.“

Ich ahnte, was los war, und winkte lässig ab. „Macht nichts, Mama. Ich habe ohnehin nicht damit gerechnet, dass du mich heute zum Reiten fahren kannst. Dann nehme ich halt das Rad – wie immer“, erklärte ich, während ich vor ihr in die Küche stiefelte.

Natürlich konnte ich keine Gedanken lesen. Aber da Mama mich fast nie zum Reiten fahren konnte, obwohl sie es jeden Donnerstagmorgen versprach, wusste ich schon, was sie mir sagen wollte.

Mama hatte immer unheimlich viel zu tun. Und

Papa sowieso. Als ob es nur einen Zahnarzt in dieser Stadt gäbe, regte Mama sich jedes Mal auf, wenn er abends spät aus der Praxis kam. Dabei war sie genauso beschäftigt. Nur fand sie, dass das bei ihr nur halb so schlimm wäre, weil sie als freie Redakteurin meistens von zu Hause aus arbeitete. Mal abgesehen von ein paar Geschäftsreisen.

Na ja, ich hatte mich längst damit abgefunden, dass meine Eltern ständig zu tun hatten. So was hatte auch Vorteile. Zum Beispiel bekam ich wegen der Fünf in Mathe garantiert kaum Ärger. Mama hatte dann nämlich gleich voll das schlechte Gewissen, weil sie mir so selten helfen konnte und ich deshalb dieses blöde, blöde Mathe nicht kapierte.

„Darum geht es nicht, Fritzi. Es ist etwas anderes", hörte ich Mama zu meiner Überraschung sagen.

Ich ließ mich auf einen der weißen Küchenstühle plumpsen. „Und das wäre?"

„Ach Mäuschen …" Mit einem tiefen Seufzer setzte Mama sich mir gegenüber hin. „Es tut mir so leid." Der Ausdruck in ihrem Gesicht sah tatsächlich nach Leidtun aus.

„Jetzt red schon", sagte ich misstrauisch.

Sie streckte die Hand nach meiner aus und strich sanft mit dem Zeigefinger darüber. „Ich muss nächste Woche geschäftlich verreisen."

„Du bist aber am Freitag wieder zurück?!"

Wortlos schüttelte sie den Kopf.

„Also fahren Papa und ich allein nach Föhr auf den Grevelinghof?" Ich musste schwer schlucken. „Oder kommst du nach?"

Erneutes Kopfschütteln.

Na super. Aber das war ja nicht das erste Mal, dass ich nur mit einem Elternteil in den Urlaub fuhr, weil dem anderen in allerletzter Sekunde was gaaanz Dringendes dazwischengekommen war. Allerdings hatten sie es mir dieses Mal wirklich hoch und heilig versprochen.

Großes Familienehrenwort, hatte Papa gesagt, *diese Ferien verbringen wir zu dritt.*

Pah, von wegen!

„Wie immer", murmelte ich und versuchte, mir die Enttäuschung nicht allzu sehr anmerken zu lassen. „Dann eben nur Papa und ich."

Zum dritten Mal schüttelte Mama den Kopf. „Leider musste ich den Urlaub ganz stornieren“, sagte sie leise.

„WAS?“ Ich sprang auf. „Aber … aber warum *das* denn? Ich kann doch mit Papa fahren. Nur weil du keine Zeit hast, muss …“

„Fritzi, bitte setz dich wieder hin“, fiel Mama mir ins Wort.

Ich wollte aber nicht. Baute mich mit verschränkten Armen vor dem Tisch auf und schob trotzig die Unterlippe vor.

„Ich stehe lieber!“, schnauzte ich.

Mama zog die Augenbrauen zusammen. Das machte sie immer, wenn ihr etwas nicht gefiel. Aber mir doch egal! Was redete sie auch so ein blödsinniges Zeugs daher?! Nur weil *sie* arbeiten wollte, hieß das nicht, dass Papa und ich zu Hause hocken mussten.

„Mäuschen, Papa hat die Möglichkeit, an so einem wahnsinnig wichtigen Seminar in Sachen Implantate teilzunehmen. Da konnte er nicht ablehnen. Das verstehst du doch?!“

Nein, das kapierte ich nicht! Kein bisschen, schoss es mir bitterböse durch den Kopf.

„Dann fahre ich eben allein!“, fauchte ich sie mit giftigem Blick an.

Eigentlich hatte ich damit gerechnet, dass Mama nun richtig sauer werden würde. Stattdessen seufzte sie betrübt. „Daran hatten Papa und ich auch schon gedacht. Aber leider gibt es auf dem Grevelinghof keine Kinderbetreuung.“

„Mich braucht niemand zu betreuen“, erwiderte ich noch patziger. „Zu Hause werde ich ja auch nicht betreut.“

Mama zuckte zusammen. Jetzt war ich wohl zu weit gegangen. Jedenfalls hörte sich ihre Stimme höllisch streng an. „Fritzi, ich verstehe deinen Kummer. Trotzdem wirst du bitte nicht frech, ja?!“

Ich grummelte eine halbherzige Entschuldigung vor mich hin, mit der sich Mama überraschenderweise zufriedengab.

„Ach, Mäuschen“, säuselte sie nun wieder ganz kleinlaut und erhob sich, „deinem Papa und mir tut

es wirklich, wirklich leid. Aber ich verspreche dir, dass wir in den Sommerferien den geplatzten Urlaub nachholen. Großes Familienehrenwort!“

Nö, das war echt zu viel. Empört schnappte ich nach Luft und wich einen Schritt zurück, als sie mich in den Arm nehmen wollte.

„Dieses blöde Ehrenwort taugt doch nicht die Bohne!“, ranzte ich sie an.

Damit stürmte ich aus der Küche, stolperte die Treppe hinauf in mein Zimmer und schmiss mich der Länge nach aufs Bett, wo ich vor Wut und Enttäuschung in mein Kopfkissen heulte.

Unzählige treue Pferdeaugen sahen mir von den Postern an meinen Zimmerwänden dabei zu.

2. Kapitel

Auf dem Kronsberghof herrschte wie immer ein lebhaftes Durcheinander. Umringt von der Donnerstagsgruppe, stand unsere Reitlehrerin Nele neben dem Paddock und fuhr sich nachdenklich durch die kurzen blonden Haare.

„Wir müssen heute etwas umplanen. Goliath geht hinten rechts unklar. Den möchte ich in der Box lassen, bis der Tierarzt ihn sich angeschaut hat. Sicher ist sicher. Chiara, du kannst dann heute Lotta reiten."

Ich seufzte. Schade, die dunkelbraune Deutsche Reitponystute hätte ich auch gern geritten.

Doch als Nele mir im nächsten Moment Charmeur zuteilte, konnte ich mein Glück kaum fassen. Der edle Hannoveraner Wallach gehörte Nele und ging nur ganz selten im Unterricht mit. Im letzten Jahr hatte ich ihn schon mal reiten dürfen. Danach hatte ich tagelang wie auf Wolken geschwebt, weil es so grandios gewesen war.

„Ja, klar … ähm … total … gerne", stammelte ich aufgeregt.

„Fritzi, ganz ruhig", lachte Nele. „Atme. Alles ist gut."

Das stimmte! Sobald ich nur einen Schritt auf Neles und Mathis' Hof setzte, schien die Zeit stillzustehen. Umgeben von Pferden und Leuten, die ebenso pferdeverrückt waren wie ich, fühlte ich mich einfach pudelwohl. Jeder Ärger über knalldoofe Mathelehrer und Eltern, die mal wieder keine Zeit für mich hatten, war wie weggefegt. Auf den Kronsberghof war Verlass – immer.

„Charmeur steht hinter der Halle auf dem Paddock. Wo du seinen Sattel, die Trense und Gamaschen findest, weißt du, oder?"

Ich beeilte mich zu nicken. Und dann noch mehr, um zum Paddock zu kommen, auf dem außer Charmeur auch Mathis' Hannoveraner Wallache Fly und Calli standen.

Während ich Charmeurs Halfter samt Führstrick vom Holzhaken neben dem Gatter nahm, begann mein Herz vor Aufregung wild zu bummern. Vorsichtig kletterte ich unter dem Lattenzaun durch.

„Hallo, Charmeur, du Schöner." Ich klopfte ihm den seidig glänzenden Hals. „Heute darf ich dich reiten."

Der Rappe beäugte mich neugierig und fing sofort an, meine Jackentaschen nach Pferdeleckerlis zu durchsuchen.

„Hey", lachte ich. „Du weißt doch, was dein Frauchen Nele immer sagt: Erst die Arbeit und dann gibt's ein Leckerli."

Ich klopfte ihm noch einmal den Hals und führte ihn dann am Strick zum Gatter. Fly und Calli folgten uns einige Schritte, blieben aber zu meiner großen Erleichterung kurz vorm Tor stehen.

Nichts war anstrengender, als mit einem Pferd vom Paddock herunterzukommen, wenn zwei andere mitwollten, es aber nicht sollten. Das hatte ich schon ein paarmal drüben bei den Schulpferden erlebt und von denen war keines auch nur annähernd so groß wie die beiden hier.

Charmeurs Hufeisen klackerten über den Hof, als ich ihn zur Putzstelle führte. Das wunderbarste Geräusch der Welt, fand ich – neben Wiehern, Schnauben und allen anderen Geräuschen, die etwas mit Pferden zu tun hatten. Keine noch so schöne Musik konnte das hier toppen.

Ich holte Charmeurs Putzkasten aus der Sattelkammer und begann, ihn vom Hals an mit kreisenden Bewegungen nach hinten vorarbeitend zu striegeln. Anschließend glättete ich sein Fell mit der Kardätsche, und als sich nicht ein Staubkörnchen mehr aus dem Striegel klopfen ließ, machte ich mich daran,

Charmeurs Schopf und Mähne zu kämmen. Ganz zum Schluss kam noch der Schweif an die Reihe, den ich so lange bürstete, bis er weich und seidig herabfiel. Jetzt noch Hufe auskratzen, dann legte ich Charmeur erst vorn und anschließend an den hinteren Beinen Gamaschen an.

Das Satteln bereitete mir wegen seiner Größe etwas Mühe – um ehrlich zu sein, ich rackerte mich ziemlich ab.

Doch da kam Nele um die Ecke und grinste mich an. „Ätzend, so große Pferde, nicht wahr?!" Sie zwinkerte mir zu. „Ein Endmaßpony reicht doch eigentlich vollkommen aus. Keine Ahnung, wer solche Riesen erfunden hat."

Obwohl Nele auch nicht gerade groß war, gelang es ihr ganz einfach, den schwarzen Kieffer Vielseitigkeitssattel samt blauer Eskadron Schabracke auf Charmeurs Rücken zu schwingen und alles in die richtige Position zu rücken.

„Danke", sagte ich und machte mich daran, den Sattelgurt zu befestigen.

Ich war schon erleichtert, dass Nele nun neben

mir stand. Natürlich freute ich mich total darauf, Charmeur gleich zu reiten. Allein ihn putzen und satteln zu dürfen, war ein echtes Highlight. Aber ein kleines bisschen Angst, etwas falsch zu machen, schwang immer mit.

Neles wertvolles Turnierpferd – nicht auszudenken, wenn ich etwas machen würde, das ihm irgendwie schadete.

Obwohl, eigentlich waren für mich alle Pferde gleich wertvoll. Ob nun der kleine Shettywallach Oskar oder unser Stallsenior Gregor mit seinen einunddreißig Jahren.

„Wir reiten heute draußen auf dem Platz“, sagte Nele und mein Herz machte gleich noch einen Luftsprung vor Freude.

Auf dem Außenplatz zu reiten, war nur noch durch einen Ausritt zu toppen.

„Ich geh schon mal wieder rüber und schau nach den anderen. Auftrensen schaffst du allein?“

Ich nickte. „Ja klar. Kein Problem. Ich meine, logo“, überschlug sich meine Stimme schon wieder. Langsam musste ich meine Aufregung in den Griff bekommen, sonst würde sie am Ende noch auf Charmeur übergehen und das wäre überhaupt nicht gut.

Drüben auf dem Platz hatten sich schon alle versammelt und ritten im Schritt durch die Bahn.

Eric rief mir vom Rücken seines Pferdes grinsend zu: „Sag mal, hast du ihm noch Schweif und Mähne gewaschen oder warum hat das sooo lange gedauert?“

Ich schnitt eine Grimasse in seine Richtung. Eric hatte immer einen Spruch parat. Manche waren kein bisschen lustig, aber meistens verstanden wir uns richtig gut.

Als Junge war er auf dem Hof fast schon ein Unikat,

denn außer ihm und Mathis gab es hier nur noch Torben, der in der Dienstagsgruppe ritt, und Stallbursche Claus, der Nele und Mathis auf dem Hof half.

Ich musste jedes Mal grinsen, wenn Claus sich selbst als Stallbursche bezeichnete, denn er war mindestens sechzig Jahre alt, ziemlich klein und enorm rund. Irgendwie hatte ich mir einen Stallburschen immer anders vorgestellt.

Ich führte Charmeur in die Mitte der Bahn, überprüfte noch einmal die Steigbügellänge und gurtete nach. Dann schwang ich mich in den Sattel. Trotz Aufsteighilfe bereitete mir das wegen seiner Größe ein bisschen Mühe. Aber ich schaffte es.

Nele verkündete gerade einen Handwechsel. Nun ritten alle rechtsherum und nach einigen Runden gab sie die Abteilung bekannt. Das Schlusslicht sollte Franziska auf dem Welsh-Cop-Schimmel Sandro bilden. Vor den beiden ritten Chiara auf Lotta, Maike auf der Haflingerstute Sandy, Eric auf seinem eigenen Pferd Bronco und Kim auf dem Deutschen Reitpony-Fuchs Leo. Den Platz an der Tete sollten Charmeur und ich einnehmen.

Kaum dass wir uns in richtiger Reihenfolge zusammengefunden hatten, rief Nele: „Abteilung *scheeeritt,* ganze Bahn.“

Nach einigen Hufschlagfiguren im Schritt durften wir schließlich antraben. Charmeur reagierte auf die kleinste Hilfe und hatte einen so wunderbar weichen Trab, dass ich für einen Moment alles um mich herum vergaß. Auch Neles Anweisungen.

„Fritzi? Fritzi? Friederike, hallo, hörst du mich?“

„Ähm … ja“, stammelte ich und merkte, wie mir die Röte ins Gesicht schoss.

Nele grinste. „Dann wäre es schön, wenn du deine Abteilung durch die Länge der Bahn wechseln lassen würdest. Das wünsche ich mir nämlich schon eine ganze Weile von dir."

Hinter mir hörte ich Eric spöttisch rufen: „Erde an Fritzi! Erde an Fritzi! Bist du noch bei uns?"

Alle lachten. Ich drehte mich leicht im Sattel um und streckte Eric grinsend die Zunge raus.

Die Reitstunde verging viel zu schnell, und wieder einmal wunderte ich mich, dass mir 45 Minuten Matheunterricht wie ein Jahr vorkamen und eine genauso lange Reitstunde wie im Flug verging.

Als wir abstiegen und unsere Pferde vom Reitplatz führten, kam Nele zu mir. „Das hat ja wirklich gut geklappt mit Charmeur und dir. Ich bin echt stolz auf dich, Fritzi, du hast dich ganz toll entwickelt."

Ich strahlte sie an. Bestimmt total übertrieben, aber gerade kam es mir vor, als ob ich die ganze Welt umarmen könnte. Erst durfte ich dieses Traumpferd reiten und dann bekam ich auch noch so ein Lob aus Neles Mund! Hach, das Leben konnte wirklich fantastisch sein.

Während die anderen ihre Pferde zum Putzplatz vorn bei den Paddocks führten, ging ich mit Charmeur wieder um die Reithalle herum, um ihn dort abzusatteln.

Ich kratzte ihm die Hufe aus, rieb mit einem weichen Lappen über sein leicht feuchtes Fell und gab ihm schließlich das versprochene Leckerli. Dabei erzählte ich ihm ununterbrochen, wie toll und schön er war, und klopfte ihm immer wieder seinen dunklen Hals. Bevor ich Charmeur zum Paddock zurückbrachte, legte ich für einen Moment meine Wange an seinen Hals und kraulte ihm die breite Pferdebrust.

„Danke für die schöne Reitstunde, Charmeur", flüsterte ich in sein warmes Fell. Es fiel mir wirklich schwer, mich von ihm zu lösen. Zumal mir gerade wieder siedend heiß eingefallen war, dass heute für lange, lange Zeit meine letzte Reitstunde gewesen war. Ich hatte mich für die kompletten Osterferien vom Unterricht abgemeldet, weil ich *dachte,* dass ich mit meinen Eltern auf Föhr sein würde.

Dachte!

Mist, hoffentlich hatte Nele meinen Reitplatz nicht

schon vergeben. Gerade in den Ferien kam das häufig vor. Ich musste sie gleich fragen, nahm ich mir vor.

Aber zuerst musste ich Charmeur auf den Paddock zurückbringen, wo er wiehernd von Fly und Calli begrüßt wurde.

Kaum hatte ich ihm das Halfter abgenommen, begann er, sich auf der Stelle zu drehen, und ließ sich dann mit einem tiefen Pferdeseufzer zu Boden sinken, um sich ausgiebig zu wälzen. Als er wieder auf die Beine kam, war er vom Schopf bis zum Schweif mit einer hellen Staubschicht bedeckt. Er schüttelte sich und gesellte sich dann zu den beiden anderen an die Heuraufe.

„Hey, Fritzi, hast 'ne super Figur auf Charmeur gemacht", hörte ich da Chiaras Stimme hinter mir. „Ich würde mich ja nie trauen, auf ihm zu reiten." Sie grinste mich mit geröteten Wangen an.

„Er ist einfach nur toll", schwärmte ich. „Ich wünschte, er würde mir gehören."

Chiara lachte. „Tja, wer möchte kein eigenes Pferd besitzen?! Wobei mir ja so ein Norwegerkumpel wie Goliath lieber wäre."

Sie hakte mich unter, und zusammen gingen wir nach vorn zu den anderen, die sich wie jeden Donnerstag nach der Reitstunde in dem kleinen Aufenthaltsraum zusammengefunden hatten.

Die nächste Stunde verbrachten wir damit, uns über Pferde, das Reiten und die hinter uns liegende Unterrichtsstunde zu unterhalten. Dabei plapperten wir wild durcheinander, lachten und hatten richtig viel Spaß.

Eric war der Erste, der aufbrach, und ich schloss mich ihm an, weil zu Hause diese blöde, blöde Matheberichtigung auf mich wartete.

Wir schlenderten zu unseren Rädern, winkten Nele zu, die auf dem Reitplatz gerade einem kleineren Kind eine Reitstunde an der Longe erteilte, und warfen noch einen kurzen Blick in die Reithalle.

Bei den Rädern verabschiedete sich Eric schließlich mit: „Bis in drei Wochen dann. Viel Spaß auf Föhr."

Föhr! Verdammt. Jetzt hatte ich Nele doch nicht gefragt.

„Ja, mach's gut, Eric", winkte ich ihm flüchtig zu und rannte zum Reitplatz zurück.

Nele war zum Glück gerade mit der Longierstunde fertig, sodass ich sie gleich fragen konnte.

„Das tut mit wirklich leid, Fritzi", sagte sie kopfschüttelnd. „Vorgestern habe ich deinen Platz für die nächsten drei Wochen an Tabea aus der Dienstagsgruppe vergeben, weil sie in den Ferien gern zweimal die Woche Unterricht nehmen möchte."

„Mist", fluchte ich enttäuscht.

„Aber wolltest du denn nicht mit deinen Eltern zu diesem Reiterhof auf Föhr fahren?"

„Wollte", murmelte ich bitter, „aber meine Eltern haben mal wieder zu tun."

3. Kapitel

Ich staunte nicht schlecht, als ich Papas silbernen Mercedes in der Einfahrt entdeckte. Am Donnerstag war immer lange Sprechstunde. Vor neun kam er nie nach Hause.

Ich lehnte mein Rad gegen den Carportpfosten, obwohl ich das eigentlich nicht sollte. Aber mir doch egal. Die Reitstiefel zog ich auch nicht aus. Ich klopfte sie noch nicht einmal auf der Fußmatte ab, sondern schloss gleich die Haustür auf und stampfte in den Flur.

„Fritzi? Bist du es?“, hörte ich Mama vom Wohnzimmer aus rufen.

Ich antwortete nicht. Außerdem, wer sollte es denn sonst sein?! Soweit ich wusste, hatten nur meine Eltern und ich einen Haustürschlüssel.

Ich wollte gerade die ersten Stufen hochpoltern, da kam Mama in den Flur. „Schatz? Hast du mich nicht rufen gehört?“

Widerwillig blieb ich stehen, drehte mich aber nicht um, sondern hob nur gleichgültig die Schultern. „Nö!“, log ich.

„Fritzi“, seufzte sie, „du bist noch immer wütend auf uns, was?“

Hallo? Was war das denn für eine Frage?! Natürlich war ich noch immer wütend. Und zwar fuchsteufelswildwütend!

„Papa ist extra früher nach Hause gekommen, weil wir in Ruhe mit dir darüber reden wollten.“

Toll! Und was soll das bringen?, dachte ich.

„Wir haben uns nämlich etwas überlegt und sind dann auch gleich aktiv geworden.“

Aktiv geworden – wie sich das schon wieder anhörte.

„Aber ich habe eigentlich keine Lust, noch länger gegen deinen Rücken zu sprechen, Friederike. Bist du bitte so lieb und kommst einmal zu uns ins Wohnzimmer?“

Das war zwar eine Bitte, aber wenn Mama mich Friederike nannte, war Widerstand zwecklos.

Ich seufzte genervt und trottete dann zur Wohnzimmertür. Doch auf der Schwelle hielt Mama mich zurück. „Nicht mit den Stiefeln!“

„Is ja schon gut“, maulte ich und zog sie mir im Zeitlupentempo aus.

Papa saß am Tisch vor seinem Laptop und schaute nicht mal auf, als ich eintrat. Pah, von wegen meinetwegen früher nach Hause gekommen!

„Einen Moment noch, Fritzi“, murmelte er gedankenverloren.

Ich schnaubte. Und wollte wieder gehen. Garantiert! Doch in diesen Moment begann der Drucker, leise zu summen. Keine fünf Sekunden später hielt Papa mir den Ausdruck entgegen.

„Tra-ra, darf ich vorstellen, die Eagle-Free-Ranch!“, grinste er begeistert.

Ich starrte auf das Blatt Papier in seinen Händen.

„War gar nicht einfach, so kurzfristig noch einen Platz zu bekommen“, erklärte Mama, während sie mir die Hand auf die Schulter legte.

„Wie jetzt ...?“, murmelte ich.

„Also, ein bisschen mehr Begeisterung hätte ich schon erwartet“, beschwerte sich Papa.

Verständnislos schüttelte ich den Kopf. „Fahren wir in den Sommerferien dorthin, oder was?“

„Unsinn!“, zwitscherte Mama vergnügt. „Du fährst allein, und zwar nächsten Freitag. Für zwei Wochen. Freust du dich?“

„Aber ... aber ... wo ist das denn? In Amerika?“ Ich war echt baff.

Mama und Papa lachten. „Quatsch. Wie kommst du denn darauf?“, amüsierte sich Papa.

„Na, weil der Mann aussieht wie ein Cowboy und sein Pferd einen Westernsattel trägt“, erwiderte ich verdattert.

„Stimmt, weil es sich bei der Eagle-Free-Ranch um eine Westernreitanlage handelt“, erklärte Mama. „Aber dafür musst du nicht nach Amerika fliegen,

Schätzchen. Wir fahren dich mit dem Auto dorthin. Keine drei Stunden und schon sind wir in Staken.“

„Staken? Westernreitanlage?“, murmelte ich. „Was soll ich denn da?“

„Na, reiten!“, riefen Mama und Papa wie aus einem Mund.

4. Kapitel

Die Fahrt kam mir wie eine Ewigkeit vor. Als Papa endlich sagte, dass es jetzt nur noch wenige Kilometer bis zur Eagle-Free-Ranch wären, begann es in meinem Bauch doch ein wenig zu kribbeln.

Eigentlich wollte ich nicht dorthin. Was sollte ich auf einer *Westernranch*? Ich hatte noch nie in einem Westernsattel gesessen und so sollte es auch bleiben!

Doch Mama und Papa waren nicht davon abzubringen. Egal, was ich in den letzten Tagen auch gesagt hatte, ihr Entschluss stand fest.

Jetzt fuhren wir eine schmale Landstraße entlang. Hin und wieder kamen wir an größeren Höfen vorbei, ansonsten war hier nichts – kein Supermarkt, kein Getränkehandel, kein Bäcker oder sonst irgendein Geschäft ...

Schöne Bescherung, wie sollte ich es in dieser Einöde nur zwei Wochen lang aushalten? Und dann noch bei den *Westernreitern* – als ob ich dazu Lust hätte. Ich meine, ich war Englischreiterin. Lasso werfen und wild gewordene Kühe einfangen wollte ich bestimmt nicht. Und falls Mama und Papa wirklich dachten, dass ich diese albernen Westernreitstiefel und den lächerlichen Hut auch nur eine Sekunde tragen würde, hatten sie sich geschnitten. Garantiert!

Nach zwei weiteren Höfen sagte Papa schließlich: „Da muss es sein", und setzte auch schon den Blinker. Er lenkte den Wagen durch einen hohen hölzernen Torbogen, an dem ganz oben ein großes Schild baumelte.

Na super, jetzt gab es wirklich kein Zurück mehr. Ich musste meine Ferien bei den Westernjucklern verbringen.

Der Parkplatz befand sich an der Rückseite einer kleineren Halle, und als wir ausstiegen, fiel mein Blick gleich auf eine Art Bodentrainings-Parcours. Auch wenn ich nicht wollte – garantiert nicht! –, begann mein Herz etwas schneller zu klopfen, als ich weiter rechts eine Reihe von Paddocks entdeckte, auf denen sich einige Pferde befanden.

Ganz vorn stand ein bildschönes pechschwarzes Pferd ganz allein auf dem Auslauf. Mein Gott, so ein wundervolles Tier hatte ich noch nie zuvor gesehen. Es war nicht besonders groß, jedenfalls im Verhältnis zu Neles und Mathis' edlen Hannoveranern, aber es strahlte so viel Eleganz und Stolz aus, dass ich meinen Blick einfach nicht mehr von ihm abwenden konnte.

„Hach, endlich sieht sie mal wieder begeistert aus", juxte Papa. „Ich dachte schon, das wird nichts mehr mit unserem Fräulein Tochter."

Mama war schon dabei, den Kofferraum zu öffnen, und zog meine Reisetasche aus dem Auto.

„Das ist ja traumhaft schön hier", meinte sie dann und trat neben mich. Behutsam legte sie mir den rechten Arm um die Schulter. „Findest du das nicht auch, Fritzi?"

Ich wollte nicht mit ihr reden. Und mit Papa auch nicht. Dennoch hörte ich mich krächzen: „So ein schönes Pferd habe ich noch nie gesehen …"

Hinter den Paddocks lag ein großer Reitplatz, der ringsum von einem halbhohen Holzgatter umgeben war. Ich entdeckte fünf Reiter: allesamt in Westernsätteln, doch nur einer von ihnen hatte so einen albernen Cowboyhut auf, wie Mama ihn mir extra für die Eagle-Free-Ranch gekauft hatte. Die beiden anderen trugen Käppis.

Ich konnte nichts dagegen tun – auch wenn ich wirklich, wirklich nicht wollte –, plötzlich verspürte ich so etwas wie Vorfreude. Die Anlage war absolut traumhaft. Hinter den Paddocks und dem Reitplatz erstreckten sich die Weiden, in einer Weitläufigkeit, wie ich es nie zuvor gesehen hatte.

Zum Kronsberghof gehörten auch schöne Koppeln, und bisher hatte ich immer gedacht, die wären schon recht groß. Aber das hier übertraf einfach alles, was ich bisher gesehen hatte. Ich fühlte mich in eine andere Welt hineinversetzt. Eine echte Westernranch in Amerika konnte bestimmt nicht beeindruckender sein, schoss es mir durch den Kopf.

„Ach hallo, Sie sind doch bestimmt die Familie Ludwig?!“

Eine blondhaarige Frau in Jeans und hellem T-Shirt kam lächelnd auf uns zu. „Herzlich willkommen auf der Eagle-Free-Ranch.“

Sie tauschte ein paar Begrüßungssätze mit meinen Eltern aus und streckte dann mir ihre Hand entgegen. Ihr Griff fühlte sich warm und fest an. Irgendwie vertrauenerweckend. „Hallo, Friederike, ich bin Katharina Reinke. Du kannst mich aber Kata nennen. Meiner Familie gehört die Eagle-Free-Ranch, und wir freuen uns sehr, dass du deine Osterferien bei uns verbringen möchtest.“

„Fritzi“, murmelte ich und merkte, wie mir die Röte ins Gesicht schoss. Mist!

Ihr Lächeln wurde noch eine Spur herzlicher. „Okay, Fritzi. Du wirst übrigens sehnsüchtig erwartet.“

„Oh, wie schön", freute sich Mama, als ob es gerade um sie gegangen wäre. „Von wem denn?"

„Von meiner Enkelin Juliane. Ihr ist Julie übrigens auch lieber. Dann sind wir ja schon zu dritt mit den Spitznamen." Sie lachte fröhlich auf, und ich dachte in diesem Moment, dass Kata unmöglich *Oma* sein konnte. Ununmöglich. Dazu war sie noch viel zu jung. Und wenn schon, dann war diese Julie allenfalls zwei oder drei Jahre alt.

Das wurde echt immer besser! Jetzt durfte ich meine Ferien auch noch als Babysitter verbringen. Wahrscheinlich hatten Mama und Papa nur deshalb so kurzfristig einen Ferienplatz für mich bekommen: Ich sollte auf das nervige Enkelkind aufpassen.

„Julie war schon ganz enttäuscht, dass wir in diesen Osterferien keine Kinder aufnehmen konnten. Wegen des Workshops in *Good Horsemanship* hier auf dem Hof sind alle Gästezimmer ausgebucht."

„Good Horsemanship?", fragte Mama.

Doch Kata winkte nur ab. „Das lassen Sie sich am besten von Ben erklären."

„Ben?", fragte Mama gleich noch einmal.

„Mein Sohn und Julies Papa."

Mama sah aus, als ob sie noch eine Frage stellen wollte, doch Kata kam ihr händeklatschend zuvor. „Am besten bringen wir Fritzis Sachen erst einmal ins Gästehäuschen und dann können wir im Reiterstübchen bei einem kühlen Getränk oder einem Kaffee über alles Weitere in Ruhe reden. Meine Schwiegermutter backt übrigens unsagbar guten Kuchen."

Wir folgten Kata über den Hof nach links, kamen an einer gigantischen Reithalle vorbei und an weiteren Paddocks und Weideland, bevor wir rechts einen schmalen Gang entlang auf ein kleines Fachwerkhaus zugingen. Es lag mitten auf einer Wiese unter gewaltigen Eichen und war von bunten Blumenbeeten und ordentlich gestutzten Büschen umgeben.

„Meine Güte", staunte Papa. „Sie müssen ja unzählige Angestellte haben, um diese riesige Anlage so gut in Schuss zu halten."

Während Kata das Gästehaus aufschloss, erwiderte sie: „Wir sind ein reiner Familienbetrieb. Mein Mann und ich sind für den Hof zuständig, mein Sohn macht alles, was mit den Pferden zu tun hat."

Jetzt waren Mama und Papa richtig baff. „Unfassbar“, fand Mama.

Das Häuschen war urgemütlich, und ich ertappte mich dabei, wie ich mich immer mehr in die Eagle-Free-Ranch verliebte.

Als wir einige Zeit später im Reiterstübchen zusammensaßen und ich mich staunend umblickte, kam plötzlich ein Mädchen zur Tür hereingeschneit. Sie trug eine karierte kurzärmelige Bluse, enge Jeans und an den Füßen fast die gleichen Stiefel, wie Mama sie mir gekauft hatte. Die blonden Haare hatte sie zu einem Zopf zusammengebunden, der unter ihrer braunen Kappe lustig hin und her schwang.

Mit ihr zwängte sich ein schwarz-weißer Hund in das Stübchen, um schwanzwedelnd unseren Tisch zu umrunden.

„Ach, Julie!“, rief Kata ein wenig vorwurfsvoll. „Higgins soll doch draußen bleiben.“

„Aber ganz bestimmt nicht unseretwegen“, winkte Mama ab und versuchte, dem wuseligen Kerl den Kopf zu streicheln. „Wir mögen Hunde *total* gern.“

„Und warum darf ich dann keinen haben?!“, rutschte es mir sofort heraus.

Ups! Mama warf mir einen strafenden Blick zu und klappte den Mund auf, um einen bissigen Kommentar loszulassen. Doch in diesem Moment sprang Higgins an Papa hoch. Der hatte gerade einen Schluck aus seiner Kaffeetasse nehmen wollen und übergoss sich prompt mit dem heißen Inhalt.

Wie von der Tarantel gestochen, hüpfte Papa hoch und führte einen seltsamen kleinen Tanz auf. „Heiß, heiß, verdammt, ist das heiß", jaulte er dabei.

Ich musste mir das Lachen schwer verkneifen. Doch als ich sah, wie diese Julie sich ebenfalls verzweifelt in den Handrücken biss, konnte ich nicht anders, als loszuprusten.

Nun gab es auch für Julie kein Halten mehr, und während Mama und Kata sich aufgeregt darum bemühten, Papa mit unzähligen Kleenex abzutupfen, bogen Julie und ich uns vor Lachen.

Und urplötzlich musste ich denken, dass die nächsten 14 Tage auf der Eagle-Free-Ranch womöglich doch ganz lustig werden könnten.

5. Kapitel

„Ich kann nicht mehr“, keuchte ich und ließ mich ins halbhohe Gras sinken.

Julie baute sich vor mir auf, stemmte die Hände in die Hüften und grinste zu mir herunter. „Das war noch nicht mal die Hälfte.“

„Die Namen kann ich mir eh nicht alle merken“, versuchte ich mich zu wehren.

Doch Julie hatte kein Erbarmen. „Hopp, hopp, weiter geht's. Um fünf ist deine erste Reitstunde, bis dahin sollst du jedem Pferd auf der Eagle-Free-Ranch mindestens einmal den Hals geklopft haben.“

Julie war verrückt. Garantiert! Sie war wild wie ein Fohlen und scheinbar nicht kaputtzukriegen. Ich pfiff nach zwei rasanten Pferde-Kennlern-und-Hof-Erkundungs-Stunden aus dem letzten Loch.

Gleich nachdem Mama und Papa sich verabschiedet hatten, war Julie regelrecht über mich hergefallen und hatte mich mit sich gezogen.

„Du glaubst gar nicht, wie ich mich freue, dass du da bist“, hatte sie drauflosgeplappert und so getan, als ob wir uns schon ewig kennen würden.

In den letzten zwei Stunden hatte ich dann nicht nur die Hälfte der 72 Pferde kennengelernt, die zurzeit auf der Eagle-Free-Ranch waren, sondern auch Julies gesamte Lebensgeschichte.

Dass sie genauso wie ich zehn war, ihre Eltern schon seit Jahren geschieden waren und sie nur in den Ferien bei ihrem Vater sein konnte. Ansonsten lebte sie in Frankfurt – mitten in der miefigen Großstadt, in der sie sich kein bisschen wohlfühlte. Aber ihr Stiefvater war Banker und überhaupt fand Julie ihn *kacke.*

Julie sagte ständig *kacke.* Sie meinte, das läge daran, dass in der Großstadt alles so kacke sei und ihr Hirn automatisch das Wort KACKE an ihre Zunge weiterleiten würde.

„Können wir nicht erst mal was trinken?"

Julie schüttelte den Kopf, sodass ihr dicker Pferdeschwanz nur so hin und her flog. „Ich sag's doch, das kommt alles von der kack Großstadtluft. Die saugt uns armen Kindern die Energie aus dem Körper."

Ich musste lachen. Julie war nicht nur verrückt, sie sagte auch ständig irgendwelche komischen Sachen, von denen ich nicht wusste, ob ich sie ernst nehmen oder am besten einfach darüber lachten sollte.

„Das meine ich wirklich so", erklärte sie jetzt auch wieder mit diesem todernsten Gesichtsausdruck, der sich im Sekundentakt mit einem Grinsen abzuwechseln schien. „Seitdem Mama es hier nicht mehr ausgehalten und mich ins schreckliche Frankfurt verschleppt hat, baue ich ab. Tag für Tag. Wenn ich mich nicht regelmäßig in den Ferien bei Ben, Kata und Ralf wieder auffrischen könnte, wäre ich längst nur noch eine Hülle."

Genauso selbstverständlich wie Julie *kacke* sagte, nannte sie ihren Papa und ihre Großeltern nur beim Vornamen.

„So, und jetzt steh auf, ich möchte dir nämlich Sunny vorstellen."

Okay, schlappmachen gab es bei Julie nicht, das hatte ich inzwischen begriffen.

Mühselig rappelte ich mich auf, denn mir war plötzlich etwas in den Sinn gekommen. „Wegen der Reitstunde", sagte ich. „Dein Papa weiß aber schon, dass ich Englischreiterin bin?"

Julie zuckte die Schultern. „Englisch. Western. Iberisch. Barock. Das ist doch völlig egal. Das Pferdeverständnis ist das Entscheidende, sagt Ben immer. Und der muss es wissen. Er ist nämlich der beste Pferdetrainer der Welt."

Wenn Julie von ihrem Papa sprach, hatte ihre Stimme jedes Mal einen ganz stolzen Klang. Das gefiel mir und ich wurde immer neugieriger auf diesen Ben.

„Aber ich habe noch nie in einem Westernsattel gesessen", gab ich zu bedenken.

Julie schnitt wieder eine vielsagende Grimasse und fand: „Dann wird es aber höchste Zeit."

Ein paar Momente später hatten wir die große Stutenherde auf einer der unsagbar weiten Weideflächen erreicht.

„Das ist Sunny", sagte Julie und legte beide Arme um den Hals einer kleinen hellbraunen Stute. „Sie gehört mir. Ben hat sie mir geschenkt. Als Fohlen."

Wow. Ein eigenes Pferd! Wie ich Julie beneidete.

„Aber leider kann ich sie nur sehen, wenn ich bei Ben bin. Mama hat zwar vorgeschlagen, dass ich sie zu uns nach Frankfurt holen könnte, aber dort sind die Reitanlagen kacke. Enge Gitterboxen und wenig frische Luft, weißt du? So gut wie hier hat sie es nirgendwo."

Ich legte die Hand auf Sunnys Hals. Ihr Fell war von der Sonne ganz warm.

„Sie ist wirklich süß", fand ich. „Aber wenn ich ein eigenes Pferd hätte, dann würde ich es immer bei mir haben wollen."

Julie nickte. „Klar, das wäre toll. Aber das Ziel der *Horsemanship* ist die harmonische Partnerschaft zwischen Mensch und Tier. Dazu gehört auch die artgerechte Haltung."

Ich konnte Julie nur anstarren. Sie war so alt wie ich, sogar fast zwei Monate jünger, und sagte Sachen, die mir im Leben nicht eingefallen wären.

Wenn ich ganz ehrlich war, dann hatte ich mir bisher nur wenige Gedanken über die artgerechte Pferdehaltung gemacht. Klar, Nele und Mathis hatten uns einiges dazu gesagt, und wenn ich das richtig einschätzte, dann ging es den Pferden auf dem Kronsberghof auch sehr gut. Aber so frei wie hier waren sie natürlich nicht.

Julie warf einen Blick auf ihre grasgrüne Armbanduhr. „Wir können Sunny gleich mitnehmen. Ben meinte, ich könnte mit dir zusammen reiten."

Ich schaute etwas perplex an Julie hinunter. „Aber wie denn? Du hast doch gar kein Halfter dabei."

Julie lachte und meinte, dass sie auch keins brauchte. Dann fasste sie Sunny leicht in die dichte lange Mähne. „Komm mit, meine Süße."

Mir fielen fast die Augen aus dem Kopf, als Sunny sich tatsächlich in Bewegung setzte und den ganzen langen Weg bis zum Gatter nicht von Julies Seite wich, obwohl diese sie inzwischen nicht einmal mehr an der Mähne festhielt.

„Machst du bitte das Tor auf?", bat Julie mich.

„Aber wenn sie dir wegläuft ...?"

„Quatsch", gab Julie mit einem Gesichtsausdruck zurück, als ob ich gerade erklärt hätte, dass dieses Jahr Ostern und Weihnachten auf einen Tag fielen. „Warum sollte sie?!"

6. Kapitel

Der Sattel war wirklich bequem. Und trotz der Größe fühlte ich mich auch kein bisschen verloren darin. Nur mit den offenen Zügeln hatte ich schwer zu kämpfen. Sie waren viel zu lang, und ich wusste nicht, wo ich mit den Enden hinsollte.

„Lass sie einfach überkreuz links und rechts über Busters Hals fallen", riet Ben mir. „Das ist für den Anfang bestimmt am leichtesten für dich."

Ben war genauso nett, wie Julie ihn mir beschrieben hatte. Und dennoch war ich eben ziemlich baff gewesen, als er den Reitplatz betreten und mich begrüßt hatte.

Wie Kata kam er mir unfassbar jung vor – fast wie ein Junge. Kein bisschen wie 37, was ich von Julie wusste.

„Buster ist ein supererfahrenes Pferd und reagiert gut auf Stimme", erklärte Ben, während er meinen Sattelgurt und die Länge der Steigbügel noch einmal überprüfte. „Alles perfekt", stellte er fest.

„Aber sind die Bügel nicht total lang?", traute ich mich einzuwenden.

Darauf hatte ich zwar vorhin schon Julie hingewiesen, aber sie hatte nur grinsend abgewinkt. „Beim Westernreiten hat man ein langes Bein."

Genau das wiederholte nun auch Ben, und wenn er es sagte, dann musste es wohl stimmen.

Zunächst ritten Julie und ich einige Runden im Schritt. Durch die breiten Fächer der Steigbügelriemen schaffte ich es kaum, meine Waden richtig ans Pferd zu legen. Ich blickte etwas ratlos zu Julie rüber. Ihre Beine waren auch weit von Sunnys Bauch entfernt. Verdammt, wie sollte ich so bitte schön die richtigen Hilfen geben?

Als ob Ben meinen fragenden Blick bemerkt hätte oder Gedanken lesen könnte, sagte er: „Lass dein Bein lang, Fritzi. Deine Hilfen erfolgen nur über die Gewichtsverlagerung."

Aha. Jetzt war ich nicht wesentlich schlauer.

„Vor allen Dingen: Entspann dich! Du sitzt total verkrampft auf Buster. So bekommst du Rückenschmerzen."

Ich fand zwar kein bisschen, dass ich verkrampft war, aber dennoch drückte ich nun etwas weniger den Rücken durch und lehnte mich mit dem Oberkörper leicht nach vorn.

Als ob ich irgendeinen Hebel gedrückt hätte, beschleunigte Buster sein Tempo.

„Was … was habe ich denn jetzt gemacht?"

Ben lachte. Ganz sanft und irgendwie sehr beruhigend. „Alles richtig. Buster macht sich lang und streckt sich, weil du ihm mit deinem Körper das Signal dazu gegeben hast. Er entspannt sich, je lockerer du wirst."

Wow. Nicht schlecht. Doch diese durchhängenden Zügel konnten unmöglich richtig sein. Also nahm ich sie langsam auf.

„Stopp! Fritzi, nicht doch. Sei mir nicht böse, aber jetzt fällst du wieder in die herkömmliche Reitweise zurück, die dir offenbar vermittelt wurde. Vorn zumachen, hinten drücken."

„Aber wie soll ich ihn denn sonst in Versammlung kriegen?", wandte ich kleinlaut ein.

Ben deutete auf Julie, die inzwischen angetrabt war. Ihre kleine Stute ging in perfekter Versammlung, ohne dass Julie dafür die Zügel großartig aufgenommen hatte. Überhaupt gaben die beiden ein unfassbar harmonisches Bild ab.

Jetzt galoppierten sie an, ohne dass ich erkennen konnte, dass Julie ihrer Sunny die entsprechende Galopphilfe gegeben hätte. Sie durchquerten die ganze Bahn, ritten dann erst auf dem unteren Zirkel und anschließend auf dem oberen. Dabei ließ Julie die Zügel fast lang und arbeitete quasi null mit den Beinen.

„Wie … wie ist das möglich?“, staunte ich.

„Durch die Gewichtsverlagerung, leichte Einwirkungen auf die Zügel und vor allem mit der Stimme.“

Julie parierte durch, indem sie sich leicht nach hinten legte und Sunny ein lang gezogenes „Hoooh …“ zurief. Die Stute stand sofort und Julie drehte sich lachend im Sattel zu mir um.

„Hey, Fritzi, mach den Mund zu. Sonst verschluckst du noch 'ne Blinde Fliege.“

„Das will ich auch können“, krächzte ich begeistert. „Unbedingt.“

„Na dann“, meinte Ben. „Let's go!“

7. Kapitel

Am Abend entfachte Ralf ein Lagerfeuer. Ein richtig, richtig großes. Während sich immer mehr Lehrgangsteilnehmer, Einsteller und schließlich auch Kata und Ralf auf den vielen Holzbänken um die Feuerstelle versammelten, kam ich mir irgendwie ziemlich verloren vor.

Den ganzen Tag hatte Julie mich so in Beschlag genommen, dass ich kaum Zeit zum Atmen gehabt hatte. Doch nun war sie plötzlich weg und ich auf mich allein gestellt.

„Ben ist noch mal los, um Bratwürstchen zu holen. Irgendwie ist mir das heute Vormittag beim Großeinkauf durchgegangen“, grinste Kata mich an. „Julie ist mitgefahren. Die beiden haben doch so wenig voneinander, wenn Ben den ganzen Tag unterrichtet.“

Das hörte sich fast wie eine Entschuldigung an. Scheinbar sah ich ebenso verloren aus, wie ich mich gerade fühlte.

Auf der Bank neben mir fing ein Mann an, Gitarre zu spielen. Irgendetwas Westernmäßiges. Die anderen schienen den Song zu kennen und stimmten nach ein paar Akkorden mit ein. Ich wusste nicht, ob ich das peinlich oder gut finden sollte. So etwas hatte ich noch nicht erlebt. Die Atmosphäre hier war fremd und dennoch irgendwie romantisch. Gut möglich, dass die Cowboys in Texas nach getaner Arbeit genauso ums Lagerfeuer herumsaßen und zu Gitarrenklängen Lieder sangen.

Plötzlich vermisste ich Mama und Papa – diesen komisch-schönen Moment hätte ich ganz gern mit ihnen zusammen erlebt. Aber die beiden waren immer so schrecklich beschäftigt …

Mein tiefer Seufzer musste selbst den Gitarrenklang übertönt haben, denn die junge Frau neben mir hörte auf zu singen und blickte mich von der Seite an. „Alles gut bei dir?"

Ich nickte – und wurde rot.

„Bist du nicht die Freundin von Julie?"

Freundin? Hm … keine Ahnung. Ich kannte Julie erst seit einem Tag.

„Ich weiß nicht", sagte ich deshalb.

Die Frau hielt mir die Hand hin. „Ich bin übrigens Tanja."

„Fritzi", sagte ich und ergriff sie zögerlich. „Ich bin das erste Mal allein verreist", fügte ich hinzu und kam mir gleich darauf total doof vor.

Warum hatte ich das bloß gesagt? Das war super kindisch und bestimmt hielt diese Tanja mich jetzt für ein nerviges Heimwehkind.

Doch Tanja drückte nur freundschaftlich meine

Schulter. „Ach, das wird schon. Hier kann man sich einfach nur wohlfühlen. Die Reinkes sind so lieb und kümmern sich ganz rührend um ihre Gäste. Warst du schon mit Julie unten an der Aue?"

Ich schüttelte den Kopf. „Sie hat mir von dem Fluss erzählt, an dem die Ranch endet. Aber wir haben es noch nicht dorthin geschafft."

Jetzt nickte Tanja. „Die Anlage ist ja auch gewaltig. Ich bin schon zum vierten Mal hier und jedes Mal entdecke ich wieder ein neues Plätzchen, das mich total umhaut."

„Haben Sie ein eigenes Pferd?", traute ich mich zu fragen.

„Hey, du kannst mich duzen. Das machen wir alle hier. Und ja, ich habe eine Vollblutaraberstute."

„Wow", entfuhr es mir. „Araber finde ich richtig, richtig schön."

Tanja lächelte stolz. „Mashama ist mein absolutes Traumpferd. Wenn du magst, dann stell ich sie dir morgen vor! Der Kurs fängt um zehn an, ab halb zehn bin ich bei ihr am Paddock. Weißt du, wo die Gastpferde stehen?"

Ich nickte schnell. „Ja, die hat Julie mir heute schon gezeigt."

„Dann sind wir also verabredet." Tanja zwinkerte mir zu.

Erneut nickte ich und auf einmal war es fort, das Ich-fühle-mich-schrecklich-verloren-und-alleingelassen-Gefühl. Plötzlich war alles gut.

Zehn Minuten später rutschte Julie neben mir auf die Bank. „Na, hast du mich vermisst?", grinste sie.

Ich grinste zurück. „Dazu war ich viel zu kaputt."

„Hey!" Julie verpasste mir einen freundschaftlichen Rempler mit dem Ellbogen. „Nerv ich dich etwa schon?"

Erschrocken winkte ich ab. So hatte ich das doch gar nicht gemeint. „Nein-nein na-natürlich nicht!", stammelte ich los.

Jetzt lachte Julie und legte den Arm um meine Schulter. „Da bin ich aber erleichtert! Weißt du, so eine Freundin wie dich habe ich mir nämlich schon immer gewünscht. Und du?"

„Ähm ...", machte ich nur.

„Kacke!“, ärgerte Julie sich. „Jetzt habe ich dich überfordert, nicht wahr?! Ben sagt auch immer, dass ich mit meiner vorschnellen Art die Leute leicht verunsichere.“

„Quatsch“, schüttelte ich den Kopf – und dennoch, so ganz unrecht hatte Ben nicht. Julie kam wie eine Dampfwalze über einen. Aber vor allem war sie offen und locker und immer lustig ... Ja, wenn ich richtig darüber nachdachte: So eine Freundin wollte ich schon immer haben.

„Ich wäre gern deine Freundin“, sagte ich leise.

Julie sah mich an. Erst wieder mit diesem ernsten Gesichtsausdruck, dann lächelte sie. Als Nächstes nahm sie mein Gesicht in ihre Hände und drückte mir einen schmatzenden Kuss auf die linke Wange.

„Wusst ich's doch, dass diese Osterferien ganz besonders toll werden.“

Ich nickte und dann sagten wir eine Weile gar nichts, saßen einfach nur da und lauschten der Musik und dem Gesang.

Wow. Wenn mir das heute Morgen einer gesagt hätte, ich hätte ihn ausgelacht. Ich bei den Westernjucklern auf der Ranch, Arm in Arm mit meiner neuen Freundin Julie, die nun auch noch zu singen anfing. Und das, o ja, das war wirklich verrückt. Niemals zuvor hatte ich jemand so schrecklich schräg singen gehört.

Zum Glück waren die ersten Bratwürstchen fertig und Ben höchstpersönlich brachte Julie und mir einen Teller.

„Um den ersten kleinen Hunger zu stillen", sagte er. Und mit einem breiten Grinsen fügte er hinzu: „Und damit Julie aufhört zu singen."

Tanja neben mir fing an zu kichern und der Gitarrenspieler zwinkerte uns verschmitzt zu.

„Dabei hast du doch hoch und heilig geschworen, nicht mehr zu singen, Julie", rief er, sodass alle es mitbekamen.

Jetzt lachte die ganze Runde, und ich dachte, dass ich mich jetzt an Julies Stelle in Grund und Boden schämen würde.

Doch nicht Julie. Sie schob zwar trotzig die Unterlippe vor und rief: „Ommma, die sind voll gemein zu mir!“, aber nur um im nächsten Moment ebenfalls laut loszuprusten.

Higgins sprang neben uns auf die Bank und versuchte, Julie das Gesicht abzuschlecken.

„Seht ihr?“, rief sie triumphierend. „Higgins will auch unbedingt, dass ich weitersinge! Er bettelt um eine Zugabe!“ Kaum ausgesprochen, trällerte sie auch schon los. „Country Rooose, take me hooome …“

Ich konnte sie nur sprachlos anstarren. Entsetzt, denn ihre Stimme klang wirklich grausam, und fasziniert zugleich. Ein Fitzelchen von Julies Selbstbewusstsein hätte ich auch gern. Nur ein winzig kleines.

8. Kapitel

Das Gästehäuschen lag im Dunkeln vor uns, und obwohl ich die großen Eichen und Büsche rundherum bei Tageslicht richtig schön gefunden hatte, machten sie mir jetzt ein wenig Angst.

Zum Glück war Julie neben mir und hatte mich fest untergehakt.

„Gruselig, nicht wahr?!", murmelte sie. „Ich übernachte das erste Mal hier. Sonst schlafe ich natürlich immer in meinem eigenen Zimmer drüben im Haupthaus."

„Und warum diesmal nicht?"

Abrupt blieb Julie stehen. „Hallo? Soll ich dich etwa hier allein schlafen und vor Schiss ins Bettchen strullern lassen?"

Ich musste lachen.

„Und wenn ich eine superdoofe und total eingebildete Blödschnepfe gewesen wäre?"

„Das hätte ich dir schon ausgetrieben", erwiderte sie ernsthaft. „Mit Voodoozauber und so."

„Du bist verrückt!", stellte ich zum wiederholten Male fest.

Julie kicherte. „Und das sogar richtig gern."

Wir gingen weiter und standen ein paar Momente später im Wohnzimmer. Als ich das Licht anknipste, war mein mulmiges Gefühl fast sofort verflogen.

„Bist du schon müde?", fragte Julie und ließ sich auf eines der breiten Cordsofas sinken, die irgendwie altmodisch und dennoch total schön aussahen. So wie eigentlich alles in dem kleinen Gästehäuschen. Im Wohnzimmer, in der Küche, im Schlafraum und selbst im Badezimmer pappten hellgrüne Fliesen an den Wänden, die bestimmt vor dreißig Jahren oder so mal in Mode gewesen waren.

Ich ließ mich neben Julie aufs Sofa plumpsen. „Ich bin *todmüde.* Aber hier ist es richtig, richtig schön."

Julie kräuselte die Stirn. „Na ja, ich glaube, Kata und Ralf haben hier das letzte Mal vor zwanzig Jahren renoviert. Auf jeden Fall lange vor meiner Geburt. Aber es hat was. Da gebe ich dir recht. Voll schade, dass du schon so müde bist."

„Warum?"

„Weil du dann bestimmt gleich ins Bett willst?!"

Ich zuckte die Schultern. Worauf wollte Julie denn jetzt hinaus?

„Oder magst du noch mit mir zu den Pferden gehen?", fragte sie und strahlte mich erwartungsvoll an.

Schlagartig war ich wieder hellwach. „Geht das denn so einfach?"

„Klar, warum nicht?!"

„Okay, wer ist hier bitte müde?", grinste ich sie an.

„Nur die fiesen Monster unter dem Etagenbett. Und das im alten Kiefernschrank. Aber uns kann es egal sein, denn wir schlafen heute draußen bei den Pferden", jubelte Julie.

„Schlafen?" Ähm … davon hatte sie eben nichts gesagt.

„Klar, dicke Jacken angezogen, dazu noch zwei, drei warme Decken eingepackt und über uns nur der Sternenhimmel."

Keine zehn Minuten später waren wir schon auf dem Weg zur Koppel, und ich grübelte darüber nach, ob meine neue Freundin vielleicht doch einen Riesenschuss hatte.

Aber als wir bei den Pferden ankamen, war tatsächlich alles so traumhaft schön, wie Julie es mir ausgemalt hatte.

Wir lagen auf unseren Decken zwischen den Tieren, und ich konnte nicht sagen, was mich am meisten berührte: die Stutenherde um uns herum, die uns wie selbstverständlich in ihrer Mitte aufgenommen hatte. Das Mahlen der vereinzelten Pferde, die selbst jetzt, mitten in der Nacht, grasten. Der Geruch und das beruhigende Schnauben. Meine Hand auf dem Hals der Schimmelstute, die der Länge nach neben mir lag und schlief. Oder Julies Hand in meiner anderen.

Seitdem ich denken konnte, liebte ich Pferde. Aber so sehr hatte ich mich noch nie mit ihnen verbunden gefühlt. Und dieses Glücksgefühl, dieses Ich-möchte-loslachen-vor-Freude-und-gleichzeitig-weinen-vor-Rührung hatte ich zuvor auch noch nicht gekannt.

Und ganz plötzlich, wie so oft schon an diesem ersten Tag auf der Eagle-Free-Ranch, der sich anfühlte wie ein Jahr oder noch länger, bekam ich den Hauch einer Ahnung davon, was Julie und Ben mit *Horsemanship* gemeint hatten: dass das Vertrauen die Basis für alles war. Und Partnerschaft. Und Respekt für diese unfassbar schönen und liebenswerten Geschöpfe.

Ich glaube, das war der letzte Gedanke, bevor ich unterm Sternenhimmel in der Mitte *meiner* Herde einschlief.

9. Kapitel

Lautes Vogelgezwitscher weckte mich. Ich blinzelte und bedeckte schnell meine Augen, weil das helle Morgenlicht mich blendete. Ich brauchte einen Moment, um zu begreifen, wo ich war.

Die Stutenherde hatte sich ein gutes Stück von uns fortbewegt. Ich sah sie im Morgentau friedlich grasen und musste lächeln. Himmel, war das ein schöner Anblick.

Am liebsten wäre ich liegen geblieben. Trotz der Rückenschmerzen – der Boden war aber auch verdammt hart – und der feuchten Kälte, die dazu führte, dass ich ein wenig zitterte.

Aber die *verrückte* Julie neben mir wachte gerade auf und brauchte, im Gegensatz zu mir, keine zwei Sekunden, um sich zu sortieren.

„Hey, das war vielleicht 'ne Nacht. Jetzt muss ich was essen. Sofort!", quasselte sie munter drauflos und war auch schon auf den Beinen. „Fritzi, du Schlafmütze, hopp, hopp ..."

Ich richtete mich langsam auf, streckte die Arme in die Höhe und gähnte.

Julie beobachtete mich dabei, während sie ungeduldig mit der Fußspitze auf den Boden tippte.

„Schnecke", stöhnte sie. „Nein, echt noch viel, viel lahmer ..."

Ich streckte ihr drohend den Zeigefinger entgegen. „Ich bin bei den letzten Bundesjugendspielen auf hundert Metern die Schnellste der gesamten vierten Klassen gewesen. Also, leg dich lieber nicht mit mir an."

Julie grinste. „Und wenn doch?"

Siegessicher erwiderte ich ihr Grinsen. „Dann hast du schon verloren."

„Auf drei", sagte Julie und stellte sich in Position. „Bis zum Gatter."

Mein Blick fiel auf den Boden. „Und die Decken? Die können wir hier doch nicht liegen lassen?!"

„Muss der Verlierer anschließend holen. Also du!"

Ich streckte ihr die Zunge raus. „Bestimmt nicht!" Dann stellte ich mich auf eine unsichtbare Startlinie direkt neben Julie.

Gemeinsam zählten wir: „1 … 2 … 3!"

Ich kam gut weg und konnte mir schon auf den ersten Metern einen kleinen Vorsprung erarbeiten. Doch die Strecke bis zum Gatter war noch weit, bestimmt sechzig, siebzig Meter, und in Westernstiefeln war ich zuvor nicht gelaufen. Außerdem waren da noch die braunen Hindernisse, die Pferdeäpfel-Haufen, denen ich auszuweichen versuchte. Das hohe Gras war auch nicht gerade der ideale Laufuntergrund. Und deswegen holte Julie auf – natürlich *nur* deswegen. Unter anderen Umständen hätte sie keine Chance gehabt. Garantiert!

Jetzt rannten wir auf gleicher Höhe, und Julie war dabei, mich zu überholen. Nö. Nö! Das konnte ich nicht zulassen. Ich kannte Julie erst seit gestern Vormittag, aber ich wusste: Wenn ich verlor, würde sie mich unentwegt damit aufziehen – auf ihre verrückte Julie-Art. Außerdem konnte ich ruhig auch mal

was Bekloppptes tun. Ich fuhr den Ellbogen aus und schleuderte gleichzeitig den linken Fuß ein wenig zur Seite, sodass er genau in Julies Lauf crashte.

Julie geriet ins Straucheln und musste ihr Tempo verringern.

Hach, jetzt kann sie mir nur noch nachglotzen, triumphierte ich innerlich. Garantiert!

Ich rannte und rannte und wagte erst nach einem guten Stück einen Blick über meine Schulter. Weit und breit keine Julie. Ich drehte mich im Laufen noch ein Stückchen mehr um. Immer noch nichts. Schließlich blieb ich stehen.

„Julie?“, rief ich keuchend.

Nichts.

Herrje, sie ist gestürzt, schoss es mir durch den Kopf. Das hatte ich natürlich nicht gewollt. Himmel, war ich blöd.

Erst langsam, dann immer schneller lief ich zurück und entdeckte sie tatsächlich am Boden. Das Gesicht ins halbhohe Gras gepresst. Die Arme weit zur Seite ausgestreckt.

„Julie, oh nein, das wollte ich nicht“, rief ich erschrocken und ging neben ihr in die Knie.

Sie rührte sich nicht und mein Herz setzte vor Angst und Sorge ein paar Schläge aus. „Bitte, Julie, sag doch was. Hast du dich irgendwie verletzt? Kannst du aufstehen? JULIE???“

Flatsch! Die Bewegung war so fließend, dass ich wohl erkannte, dass Julie sich aufrichtete. Und auch, dass irgendetwas in ihrer rechten Hand pappte. Aber da war es schon zu spät.

„Ihhh“, krächzte ich angewidert. „Das ist echt eklig …“ Hektisch wischte ich an meiner Wange herum, an der etwas Braunes und Matschiges klebte …

Julie bog sich vor Lachen. „Rache ist Blutwurst", johlte sie lauthals. „Und Pferdeäpfel im Gesicht widerlich."

Ich konnte es einfach nicht fassen. Julie hatte mir tatsächlich eine volle Ladung Pferdemist an die Wange gepfeffert.

„Soll ja gut für den Teint sein, hab ich mal gehört", kicherte sie weiter.

„Du-du bist verrückt", keuchte ich.

„Und du-du wiederholst dich", äffte sie mich nach. Aber dann hob sie auf einmal beschwichtigend die Hände. „Sorry, das war blöd von mir. Ich bin nur mit der Hand voll in den Haufen gefallen. Sonst wäre ich bestimmt nicht auf den Gedanken gekommen."

Ich starrte sie an. Erst fassungslos, aber dann konnte ich mir das Lachen nicht mehr verkneifen.

„Nicht nur mit der Hand", prustete ich los.

Julie entglitten die Gesichtszüge. „Wo-wo noch?"

Ich deutete auf ihre Stirn. „Dort und auch in den Haaren."

„AAAHHH", kreischte Julie, „ist das eklig!" Sie sprang auf und rannte los.

Weit kam sie allerdings nicht, denn am Gatter wartete bereits Kata mit einer ungewöhnlich ernsten Miene auf uns. Sie sagte etwas zu Julie, und als ich meine neue Freundin endlich eingeholt hatte, merkte ich ihr den Spaß, den wir eben noch gehabt hatten, kein bisschen mehr an.

„Guten Morgen“, murmelte ich

Kata rang sich ein Lächeln ab. „Sag mal, du bist ja auch ganz dreckig im Gesicht. Was habt ihr nur angestellt?“

„Das ist Kacke“, sagte Julie ungerührt.

Kata rümpfte die Nase. „Julie, bitte, kannst du nicht mal aufhören, ständig dieses Wort zu sagen?!“

Julie zuckte die Schultern. „Du hast gefragt.“

Mann, so sollte ich mal mit meiner Oma reden, musste ich denken und konnte sie prompt vor mir sehen: Oma Gerda mit ihrer lilagrauen Föhnwelle und der ewig weißen Bluse.

„Okay“, seufzte Kata. „Dann springt mal schnell unter die Dusche und kommt zum Frühstücken. Ben meinte, dass ihr anschließend ein bisschen ausreiten könnt.“

„Echt?“, platzte es aus mir heraus. „Ganz echt?“

Kata nickte lächelnd. „Er sagt, du bist sicher im Sattel und bei Julie in den besten Händen. Am Abend hast du dann aber wieder eine Reitstunde beim ihm. Ist das okay für dich?“

Und *wie* okay das für mich war.

„Na-natürlich!“, freute ich mich. Ich konnte mein Glück kaum fassen. Da war ich erst seit einem Tag hier und durfte schon ausreiten! Nur Julie und ich.

Ohne weiter auf meine Freundin zu warten, lief ich zum Gästehaus, hüpfte regelrecht zur Tür hinein und stand schon unter der Dusche, bevor ich wieder zu denken anfing.

Doch dann fragte ich mich doch, warum Kata gerade so besorgt ausgesehen hatte. Und richtig gefreut hatte Julie sich über den gemeinsamen Ausritt auch nicht, oder?

Schnell spülte ich mir das Shampoo aus den Haaren und trocknete mich ab. Ich schlang mir das große Badehandtuch um und tappte ins Wohnzimmer. Julie war nicht da.

„Julie?“ Nein, im Gästehaus war sie wirklich nicht.

Ich zog mir neue Unterwäsche an, blieb aber bei der alten Jeans und wählte dazu ein blaues T-Shirt mit Kapuzensweatshirt. Dann lief ich ins Reiterstübchen. Doch auch hier war Julie nicht. Dafür Kata. Sie hatte bereits die Tische zum Frühstücken eingedeckt und sah mir lächelnd entgegen.

„Ups, du bist ja schnell. Die Eier sind noch gar nicht fertig."

„Wo ist denn Julie?", fragte ich.

„Im Stall. Bei Ben."

Daran war bestimmt nichts Unnormales, dennoch kam es mir komisch vor. „Ist etwas passiert?"

Jetzt hatte Kata plötzlich wieder diesen besorgten Gesichtsausdruck von vorhin. Doch ehe sie etwas erwidern konnte, kamen zwei Kursteilnehmer zur Tür herein. Es waren der Gitarrenspieler vom Lagerfeuer und Tanja.

„Na, denkst du noch an unsere Verabredung?", lächelte sie mich freundlich an.

Ich nickte und schüttelte gleich darauf den Kopf. „Ich glaube, das klappt heute nicht. Ich darf gleich mit Julie ausreiten."

„Dann eben ein anderes Mal“, meinte Tanja und setzte sich zu dem Gitarrenspieler an den Tisch.

„Kata, bringst du uns einen Kaffee?!“, rief dieser zum Tresen hinüber.

Kata reagierte nicht. Sie schien tief in Gedanken versunken.

„Kata? Können wir einen Kaffee bekommen?“

Zerstreut hob sie den Kopf. „Oh Entschuldigung, klar doch.“

Sie schüttete zwei Becher voll und brachte sie zum Tisch. „Sorry, ich bin in Gedanken drüben im Stall. Eine unserer Zuchtstuten bekommt ihr Fohlen und es läuft nicht so gut. Der Tierarzt kommt gleich.“

„Seven Rockette?“, fragte Tanja.

Kata nickte.

„Oje. Dann drück ich euch ganz fest die Daumen.“

Der Gitarrenspieler nickte zustimmend. „Das wird schon.“

Aber ich war natürlich alarmiert. Drüben im Stall wurde gerade ein Fohlen geboren? Wie spannend! Ich trank meinen Kakao fast in einem Zug aus und sprang auf.

„Ich komme gleich wieder", rief ich Kata zu und war auch schon zur Tür heraus.

Ein dunkler Geländewagen fuhr gerade auf den Hof. Bestimmt der Tierarzt, schoss es mir durch den Kopf. Und tatsächlich stieg gleich darauf ein junger Mann aus dem Wagen und ging zielstrebig auf eines der Stallgebäude zu.

Ich huschte ihm hinterher und schaffte es gerade noch zum Tor hinein.

Julies Opa Ralf kam auf den Arzt zu und begrüßte ihn mit Handschlag. „Christian, gut, dass du gleich kommen konntest! Ich habe kein gutes Gefühl. Die Stute hat schwer zu kämpfen."

Seine Stimme klang bedrückt, und als der Tierarzt kurz darauf in der Box verschwand und erklärte: „Macht mal sicherheitshalber den Anhänger klar. Kann sein, dass sie in die Klinik muss“, wurden alle ganz hektisch.

Ralf lief aus dem Stall.

„Aber wie sollen wir sie nur auf die Beine kriegen?“, hörte ich plötzlich Julies Stimme aus der Pferdebox heraustönen. „Das Fohlen kann doch jeden Moment kommen …?“

„*Du* sollst hier gar nichts, Julie“, sagte Ben. „Außer jetzt ganz schnell aus der Box kommen und verschwinden.“ Bestimmt war das nicht böse gemeint, denn seine Stimme klang ganz sanft.

„Aber …“

„Es wird alles gut. Mir wäre es nur sehr recht, wenn du jetzt mit Fritzi ausreiten würdest. Du musst dir wirklich keine Sorgen machen.“

„Aber …“

„Juliane, bitte!“

Wow, wie bei mir, musste ich denken. Wenn's ernst wird, werde ich Friederike genannt.

Julie stampfte aus dem Stall. Ich zögerte einen Moment, weil sie mich dabei keines Blickes gewürdigt hatte, lief ihr aber dann doch hinterher.

Vorm Reiterstübchen blieb Julie stehen.

„Sorry“, murmelte sie. „Ich war nur grad so sauer auf Ben. Immer behandelt er mich wie ein kleines Kind.“

Ich nickte. Das kam mir bekannt vor. Allerdings hätte ich Ben das überhaupt nicht zugetraut. Er war sonst so locker. Eher wie ein guter Kumpel.

Julie musste meine Gedanken erraten haben. „Na ja, eigentlich ist er voll okay. Aber wenn es um die Pferde geht, dann ...“ Sie ließ den Satz unbeendet, winkte nur vielsagend ab.

„Was ist denn mit der Stute? Wird sie ...“

Julie schüttelte energisch den Kopf. „Bestimmt nicht. Christian ist der beste Tierarzt der Welt.“

Einen Moment blieben wir schweigend voreinander stehen. Dann straffte Julie die Schultern und meinte: „Ich geh mich jetzt endlich waschen und umziehen. Wenn du magst, kannst du Sunny und Buster schon von der Weide holen. Oder hast du jetzt keine Lust mehr auszureiten?“

Ich schnappte nach Luft. „Und wie ich Lust habe! Nur ich dachte, jetzt wo das mit Seven ist, magst du vielleicht nicht mehr?!"

Julie legte mir ihre kleine Hand auf die Schulter und blickte mir fest in die Augen. „Nein, eins ist klar: Bei Traurigkeit und Kummer hilft nur Reiten."

10. Kapitel

Wir ritten am Aueufer entlang und es war himmlisch. Buster ging ganz entspannt dahin. Ich fühlte mich auf ihm so sicher, als ob er schon seit Jahren mein eigenes Pferd wäre.

„Ihr passt richtig gut zusammen", fand Julie, während sie ihrer Stute liebevoll den Hals klopfte.

Ich lächelte glücklich. „Er ist toll."

„Hättest du das gedacht?", redete Julie weiter.

„Was?"

„Na ja, dass du dich auf einem Quarter Horse so wohlfühlst. Gestern hast du ja keine Gelegenheit versäumt, mir zu sagen, dass du mit Westernreiten nichts am Hut hast."

Ich musste einen Moment darüber nachdenken. Aber dann wusste ich, was sich verändert hatte. „Ich bin noch niemals so locker geritten. Und gleichzeitig kommt mir das alles wie ein großes Abenteuer vor."

„Puh", lachte Julie, „du sagst vielleicht immer kluge Sachen. Lass uns lieber traben, bevor das mit dir noch schlimmer wird."

Damit gab sie leicht die Hand vor und schnalzte mit der Zunge. Ich tat es ihr gleich und Buster reagierte sofort.

In den nächsten zwei Stunden ritten wir durch die Wälder und über unfassbar große Wiesen, galoppierten kleine Anhöhen hinauf, machten Rast an einem wunderschönen See und waren irgendwann wieder am Aueufer angekommen.

„Das war der schönste Ausritt meines Lebens", lachte ich und strahlte Julie an, während wir Buster und Sunny nebeneinander an einem der Anbindebalken festmachten.

„Merkst du schon, wie der ganze Großstadtmief von dir abbröckelt?!"

Ich sah an mir hinunter und bemühte mich um ein besonders ernsthaftes Gesicht. „Bröckel … bröckel … bröckel …"

Julie streckte mir die Zunge raus. „Du bist doof!" Doch dann lachte sie schallend los und ich konnte mich auch nicht mehr halten.

Als wir uns wieder etwas beruhigt hatten, die Sättel und Trensen in der Sattelkammer verstaut und unseren Pferden die Hufe ausgekratzt hatten, brachten wir die beiden zurück auf die Weiden. Sunny zu ihrer Stutenherde, Buster zu den Wallachen.

Kaum hatte ich Buster das Halfter abgenommen, preschte er auch schon im gestreckten Galopp davon. Dabei buckelte er, was das Zeug hielt. Ich war heilfroh, dass er solche Übermut-Sprünge nicht vollführt hatte, als ich noch auf ihm gesessen hatte.

Julie stellte sich neben mich. „Ganz ehrlich, Fritzi, wenn er dir gehören würde, würdest du ihn dann von hier wegholen?"

Ich schüttelte den Kopf. „Hier ist es wirklich pferdeparadiesisch."

Wir blieben noch einen Moment am Gatter stehen und beobachteten die Herde. Buster hatte sich inzwischen wieder beruhigt und zu einem braunen Wallach gesellt. Nachdem sie sich gegenseitig ein wenig beschnuppert und beknabbert hatten, fingen sie an zu grasen.

Plötzlich schlug sich Julie mit der Hand gegen die Stirn. „Kacke, ich steh hier herum und habe nicht einen Gedanken an Seven Rockette verschwendet."

Eh ich mich versah, hatte sie mich am Ärmel gepackt und zog mich im Laufschritt mit sich rüber zum Stutenstall.

Das Tor war zu. Julie legte sich den Zeigefinger auf den Mund und machte „Pssst, ganz leise!". Dann schob sie vorsichtig die Tür auf.

Auf dem Gang standen Ben und einige der Kursteilnehmer herum. Aber so richtig glücklich sah keiner von ihnen aus. Wir quetschten uns an allen vorbei und blickten in die erste Box.

Mitten im Stroh lag ein dunkelbraunes winzig kleines Fohlen. Es hatte eine breite Blesse, die etwas schief zum rechten Nüster verlief, und blickte sich neugierig um.

„Himmel“, flüsterte ich, „ist das süß.“

„Wo ist Seven?“, krächzte Julie aufgeregt.

„In der Klinik“, antwortete Ben, der sich hinter uns geschoben hatte. „Sie wird gerade operiert. Ralf ist mitgefahren und ruft an, sobald es Neuigkeiten gibt.“ Seine Stimme war ganz ruhig. Dennoch merkte man ihm an, dass er sich große Sorgen machte.

Prompt schossen Julie die Tränen in die Augen. „Sie wird doch nicht … Ben, Papi …?“

Ich wusste nicht, was ich sagen oder tun sollte. Also stand ich nur wie gelähmt da, und auch wenn ich die Stute nicht kannte, tat mir das alles ganz schrecklich leid. Ganz besonders Julie, die mit zitternder Unterlippe versuchte, gegen die Tränen anzukämpfen.

Ben räusperte sich, als ob er einen dicken Kloß im Hals hätte, und wandte sich dann an die anderen. „Ich schlage vor, wir beginnen in einer halben Stunde mit dem Kurs, okay?!"

Die Kursteilnehmer nickten und verließen murmelnd den Stall. Nur Julie, Ben und ich blieben vor der Box zurück.

„Und das Fohlen?", hauchte Julie. Ihre Augen schwammen in Tränen. „Es braucht doch Milch. Muttermilch."

„Kata macht gerade ein Fläschchen fertig. Wollen wir hoffen, dass es nur vorübergehend ist und Seven ihr Kleines bald selbst säugen kann."

„Und wenn nicht?"

Ben legte die Hand auf die Schulter seiner Tochter und drückte sie ein wenig. „Mach dir keine Sorgen, Julchen, alles wird gut. Ist doch nicht das erste Mal, dass wir ein Fohlen ein bisschen aufpäppeln müssen. Und wenn Seven wieder fit ist, dann holen wir sie oder bringen ihr das Kleine."

„Hoffentlich", nickte Julie. Aber besonders zuversichtlich sah sie nicht aus.

In dieser Nacht machten wir kein Auge zu. Das Fohlen wollte nicht trinken und aus der Klinik kamen auch keine guten Nachrichten. Die Operation war zwar ganz gut verlaufen, aber die Stute hatte sehr viel Blut verloren.

„Morgen früh kann man mehr sagen“, erklärte Ben. „Sie packt das schon. Ist schließlich eine Kämpferin.“

Sevens Hengstfohlen hingegen kämpfte auch – und zwar gegen die Flasche. Kata gab sich die größte Mühe. Und auch Ben versuchte sein Glück, doch der Kleine wollte einfach nicht daraus trinken.

„Die erste Milch von der Mutter ist für ein neugeborenes Fohlen ungemein wichtig“, erklärte Ben mir. „Es kommt ohne Abwehrstoffe im Körper auf die Welt und nimmt diese erst mit der sogenannten Biestmilch auf.“

„Hat der Kleine denn von Seven trinken können, bevor sie in die Tierklinik gebracht wurde?“, fragte ich hoffnungsvoll.

Ben schüttelte den Kopf. „Leider nein. Aber wir haben ein gutes Milchersatzpulver, das auch für diesen wichtigen Fohlenschutz sorgt …“

„Wenn er es nur trinken würde“, fügte Kata mit bitterer Stimme hinzu.

Doch der kleine Hengst weigerte sich vehement. Im Morgengrauen lag er schwach in der hintersten Ecke der Box und die Stimmung im Stall war schrecklich bedrückt. Ich hätte so gerne etwas unternommen, irgendwie geholfen. Doch wenn es so erfahrenen Pferdemenschen wir Kata und Ben schon nicht gelang, das Fohlen zum Trinken zu bewegen, was konnte ich dann tun?!

„Okay“, sagte Kata und erhob sich von dem kleinen Hocker, auf dem sie neben dem Fohlen gesessen hatte. „Ein letzter Versuch. Wenn er dann nicht trinkt, muss er auch in die Klinik und per Sonde ernährt werden.“

Damit verschwand sie ins Haus, um ein frisches Fläschchen Milchersatz zuzubereiten.

„Ich hole uns Kaffee und Tee“, erklärte Ben und folgte ihr. Auch Julie verschwand einen Moment, weil sie dringend auf Toilette musste.

Ich blieb im Stroh hocken und betrachtete den kleinen Hengst, der mit müden kraftlosen Augen vor sich hin starrte.

„Hey, du kleiner Racker“, flüsterte ich. „Magst du keine Milch oder vermisst du deine Mama so schrecklich, dass du vor lauter Kummer keinen Appetit hast?“

Der Kleine drehte den Kopf ein wenig in meine Richtung und spitzte für einen Moment seine dunkelbraunen Ohren.

Ich kroch ganz langsam auf allen vieren zu ihm hinüber und strich ihm behutsam über den schmalen Hals. „Ich kann dich gut verstehen. Als ich noch kleiner war, da haben meine Mama und mein Papa beide sehr viel gearbeitet. Ich war dann in der Krippe oder später im Kindergarten, und ich weiß noch ganz genau, dass ich vor lauter Sehnsucht nach ihnen nichts essen konnte. Die Erzieherinnen waren immer ganz verzweifelt.“

Ich legte meinen Arm um seinen zierlichen Körper und bettete den kleinen schönen Kopf vorsichtig auf meine Beine.

Der zierliche Hengst ließ es einfach geschehen, und als wenige Augenblicke später erst Kata, dann Ben und gleich darauf Julie in den Stall zurückkamen, blieben sie vor der Box stehen.

„Er mag dich, Fritzi“, sagte Kata. Ihre Stimme klang ganz gerührt. „Er vertraut dir.“

Ben nahm ihr die Flasche aus der Hand und kam damit zu mir in die Box. „Versuch du mal dein Glück, Fritzi …“, forderte er mich lächelnd auf.

Ich blickte ihn überrascht an. So etwas hatte ich noch niemals in meinem Leben getan. Ich wusste nicht einmal, wie das funktionierte. Doch plötzlich war ich ganz ruhig und so sicher, als ob ich schon tausend Fohlen mit der Flasche aufgezogen hätte.

„Irgendwann habe ich dann eingesehen, Kleiner, dass meine Sehnsucht nach Mama und Papa nicht besser wurde, wenn ich dazu auch noch Hunger hatte. Also habe ich gegessen …“, redete ich ganz leise auf den jungen Hengst ein und berührte sacht mit dem Kautschuksauger seine Unterlippe.

Zunächst sah es so aus, als ob er erneut den Kopf wegdrehen wollte, wie die vielen, vielen Male zuvor. Aber dann, gerade als ich Julie einen verzweifelten Blick zuwerfen wollte, verschwand der Sauger mit einem schmatzenden Geräusch in seinem Maul, und im nächsten Moment saugte der Kleine gierig daran.

„Das gibt es doch gar nicht“, hauchte Kata völlig erleichtert.

Ben strahlte wie ein Honigkuchenpferd und Julie rief übermütig: „Meine Freundin Fritzi, die Fohlenflüsterin! Fritzi Pferdeglück!“

11. Kapitel

Die nächsten Tage auf der Eagle-Free-Ranch vergingen wie im Flug. Morgens ritten Julie und ich aus, nachmittags bekam ich dann noch eine Reitstunde bei Ben im Westernriding – jedes Mal auf einem anderen Pferd. Nach einer Woche hatte ich das Gefühl, schon immer im Westernsattel gesessen zu haben – und Julie mein ganzes Leben lang zu kennen.

Mama rief zweimal an und beschwerte sich, dass ich mich von allein nicht meldete.

„Ich habe keine Zeit, Mama", erklärte ich.

Und das war nicht mal gelogen. Wenn ich nicht gerade ritt, Kata oder Ralf auf dem Hof half, Ställe ausmistete, Paddocks abäppelte oder zusammen mit Julie die Hofhühner versorgte, dann kümmerte ich mich um *Fohli.* Inzwischen ließ er sich auch von den

anderen das Fläschchen geben, aber dennoch versuchte ich, es so oft wie möglich zu übernehmen.

Das kleine Hengstfohlen hatte noch immer keinen Namen. Ben meinte, erst müsste Seven wieder zurück sein – und das verzögerte sich von Tag zu Tag.

Aber der Kleine hatte sich nach den ersten Startschwierigkeiten zum echten Kämpfer entwickelt, nuckelte brav an der Flasche herum und entwickelte sich prächtig.

Heute wollten wir ihn zum ersten Mal rausbringen. „Ein bisschen frische Luft ist bestimmt gut für ihn", sagte Ralf, und ich konnte mein Glück kaum fassen, als er mir das winzig kleine, weiche Stoffhalfter in die Hand drückte.

„Ich-ich darf ihn führen? Echt?“

Ralf lachte. „Hallo? Bist du nun die Fohlenflüsterin oder nicht?!“

Ich nickte wie verrückt und nun lachte auch Julie. „Wie ein Wackeldackel.“

Aber ich war viel zu aufgeregt, um ihr die Zunge herauszustrecken. Ich lief zu Fohlis Box, schob mich hinein und kraulte ihm den weichen Nacken.

Der Kleine war wie immer total zutraulich und verspielt. Während ich mich bemühte, ihm so sanft wie möglich das Halfter anzulegen, zupfte er an meinem T-Shirt herum.

Irgendwann war es mir aber gelungen und Julie schob die Boxentür zur Seite.

„Halt ihn gut fest“, ermahnte sie mich. „Er ist ein echter Wirbelwind.“

Ich winkte ab. „Ein Fohlen werde ich wohl halten können.“

Kaum hatte ich den Satz ausgesprochen, sprang

Fohli auch schon mit allen vieren gleichzeitig in die Luft – und landete mit dem rechten vorderen Huf direkt auf meinem Fuß.

„Aua", jammerte ich. „Spinnst du?!"

Julie prustete los und Fohli schien sich dadurch im Unsinnmachen noch bestärkt zu fühlen. Jedenfalls zappelte er um mich herum, dass ich alle Mühe hatte, ihn festzuhalten.

Wenn Julie nicht von der anderen Seite ins Halfter gegriffen hätte, wäre er mir entwischt. Garantiert.

Als wir auf den Hof hinaustraten, war Fohli kaum noch zu bändigen. So klein er auch war, er benahm sich wie ein wilder Hengst. Er hüpfte auf der Stelle herum, sprang vor, zurück, schmiss sich urplötzlich zur Seite, sodass Julie und ich schweißgebadet waren, als wir endlich den Paddock erreicht hatten.

Ralf hatte gemeint, dass wir den Kleinen eine halbe Stunde dort laufen lassen sollten. Doch als ich den Führstrick vom Halfter löste, preschte er so plötzlich los, dass uns angst und bange wurde.

„Nicht, dass er stürzt und sich was bricht", meinte Julie besorgt.

Ich nickte zustimmend. „Dann lass ihn uns lieber wieder einfangen."

Leichter gesagt als getan, denn Fohli dachte nicht im Traum daran, sich wieder ans Halfter nehmen zu lassen. Er galoppierte auf seinen dünnen Beinen von links nach rechts, im Kreis und wieder zurück. Zwischendurch vollführte er die wildesten Bocksprünge. Wir rannten ihm keuchend hinterher. Schon nach kürzester Zeit hatte ich schlimme Seitenstiche.

„Boah“, schnaufte Julie. „Die arme Seven. Mit dem wird sie noch ihren Spaß haben.“

Hofhund Higgins kam angelaufen, und als er den verrückten Fohli sah, begann er wie wild zu kläffen. Fohli erschrak so sehr, dass er ruckartig stehen blieb. Fast hätte ich ihn umgerannt. Doch im letzten Moment konnte ich noch abbremsen, ergriff sofort sein Halfter und befestigte den Führstrick daran.

Julie war gleich neben mir und fasste von der anderen Seite ins Halfter. Doch Fohli schien sein Pulver verschossen zu haben. Als ob er kein Wässerchen trüben könnte, trippelte er in unserer Mitte dahin.

„Wollen wir noch ein bisschen mit ihm spazieren gehen? Zur Aue runter und dann wieder zurück?“, fragte Julie. „Jetzt scheint er sich ja endlich eingekriegt zu haben.“

Ich nickte und Julie legte den Arm um mich.

„Mit dir macht es hier auf der Eagle-Free-Ranch gleich doppelt so viel Spaß, du Fohlenflüsterin.“

12. Kapitel

Am Samstag vor Ostern kam endlich Seven zurück auf den Hof. Sie hatte sich inzwischen gut erholt, sodass der Tierarzt nach der letzten Untersuchung grünes Licht für die Zusammenführung von Mutter und Sohn gegeben hatte.

„Drückt die Daumen, dass sie ihr Fohlen gleich annimmt“, sagte Ben zu Julie und mir, als er sie vom Hänger holte und zum Stall führte.

„Kann so was denn passieren?“, wunderte ich mich. „Also ich meine, dass eine Stute ihr Fohlen nicht will?“

Ben nickte. „Das kommt vor. Ganz besonders, wenn die Stute eine solch traumatische Geburt mit anschließender Notoperation erlebt hat. Außerdem darfst du nicht vergessen, dass Seven halb weggetreten war, als der Kleine geboren wurde. Die beiden sehen sich jetzt quasi zum ersten Mal richtig."

Gespannt folgten wir Ben und Seven in den Stall. Doch zum Glück waren alle Sorgen umsonst. Die Stute wieherte schon auf der Stallgasse und Fohli erwiderte ihren Ruf mit einem hellen Quieken.

Als Seven in die Box stürmte, hielt ich für einen Moment die Luft an, denn irgendwie sah es so aus, als ob sie sich auf ihn stürzen wollte.

Doch dann begann sie ihn abzuschlecken. Und keine zwei Minuten später machte der kleine Wildfang sich tatsächlich auf die Suche. Wie selbstverständlich, als ob es die eineinhalb Wochen mit Flaschennahrung gar nicht gegeben hätte, suchte und fand er Sevens Zitzen und saugte daran.

Hörbar erleichtert atmete Ben durch. „Wirklich ein richtiger Kämpfer, der Kleine."

Am Abend hockten Julie und ich wieder auf der Stutenweide im Gras. Über uns erstreckte sich ein irrer Sternenhimmel und Higgins hatte sich zu uns gesellt. Abwechselnd ließ er sich von Julie und mir kraulen.

Wir quatschten über Gott und die Welt, überlegten uns alle möglichen Namen für Fohli und fanden dann doch keinen schöner als Fohli.

Als wir schließlich rüber ins Gästehaus gingen, war es fast Mitternacht. Wir krabbelten sofort in unsere Betten und löschten das Licht.

„Das war ein schöner letzter Abend“, hörte ich Julie flüstern.

Der letzte Abend. Himmel, daran hatte ich bis eben keinen einzigen Gedanken verschwendet. Aber jetzt war es amtlich: Morgen früh waren meine Ferien auf der Eagle-Free-Ranch zu Ende.

Ein schrecklicher Gedanke.

13. Kapitel

Am nächsten Morgen wachte ich noch vor Julie auf. Obwohl ich doch gestern Abend erst richtig spät eingeschlafen war.

Aber wenn man so viel Abschiedskribbeln im Bauch hatte wie ich, dann wachte man einfach auf. Ich fühlte mich sofort schlecht. Richtig krank vor Kummer. Ich wollte nicht weg. Garantiert nicht. Die ganze Zeit hatte ich so gehofft, dass es bis Ostersonntag noch ganz, ganz lange dauern würde. Und nun war die Zeit einfach an mir vorbeigesaust.

Bestimmt waren Mama und Papa schon unterwegs. Sie hatten ja gesagt, dass sie früh loswollten, damit wir mittags noch irgendwo *schick essen gehen* konnten. Ich wollte aber nicht schick essen gehen, ich wollte hierbleiben.

Ich sah zu Julie herüber. Sie ratzte noch tief und fest. So lautlos wie möglich krabbelte ich aus dem Bett und schlich zur Tür.

Im Wohnzimmer zog ich mir Julis Kapuzenpullover über, der auf dem Sofa lag, und schlüpfte ohne Socken in meine Stiefel. Dann tappte ich aus dem Haus.

Auf dem Hof und auf den Weiden war noch alles ruhig. Die meisten Pferde lagen auf dem Boden. Ein paar dösten im Stehen. Einen Moment lang verharrte ich. Dieses Bild würde ich gerne mitnehmen, dachte ich. Und auch das Gefühl. Oder am besten die ganzen zwei Wochen.

Ein Huhn kam vorbeigetrippelt. Als es mich sah, erschreckte es sich und flatterte zur Seite. So früh hatte es wohl noch mit keinem gerechnet.

Ich musste grinsen. Die Hühner hier waren genauso verrückt wie Julie und Higgins und Fohli.

Ich überquerte den Hof. Im Haupthaus ging oben in Bens Wohnung das Licht an. Ich musste mich also beeilen: Bald würden auch die anderen aufwachen und vorher wollte ich mich doch noch ganz in Ruhe von all dem hier verabschieden.

Als ich die Tür zum Stutenstall aufzog, erklang ein leises Wiehern. Schnell huschte ich hinein und ging zu Sevens und Fohlis Box.

„Guten Morgen, ihr beiden“, begrüßte ich Mutter und Sohn.

Seven blickte mir mit ihren dunklen Augen sanft entgegen und ich streichelte ihr über die Nüstern. „Ich bin so froh, dass es dir wieder gut geht.“

Vorsichtig öffnete ich die Tür der Box einen Spalt und ging hinein.

Seven wieherte noch einmal. Das klang irgendwie besorgt. Ich klopfte ihr den Hals. „Keine Angst, Mami, ich will mich nur von deinem kleinen Racker verabschieden."

Dann hatte ich auch schon die Arme um Fohli gelegt, und als er es sich gefallen ließ, nicht zur Seite hüpfte oder versuchte, mir an den Klamotten herumzupfen, da konnte ich nicht anders und heulte in sein weiches Fell hinein.

„Wenn du im Sommer wiederkommst, dann ist er schon ein großer Racker", hörte ich plötzlich Julies Stimme hinter mir.

„Wie kommst du darauf?", schniefte ich und wischte mir schnell die Tränen aus den Augen.

Ich klopfte Fohli noch einmal den schmalen Hals, strich Seven über den Rücken und ging aus der Box.

Julie lächelte mich schräg an. „Weil er wächst."

Ich schüttelte den Kopf. „Ich meine, wie kommst du darauf, dass ich im Sommer wieder hier bin?"

Sie zog die Augenbrauen hoch. „Na ja, wie sollen wir denn sonst unsere Freundschaft *pflegen*?!"

Ich zuckte die Schultern.

„Du hast doch selbst gesagt, dass deine Eltern immer schrecklich beschäftigt sind."

Ich schaute sie an, die verrückte Julie, und wusste nicht, was ich sagen sollte.

Zwei Stunden später waren Mama und Papa da. Ich hatte schon meine Reisetasche zusammengepackt und auf den Hof geschleppt und trat ungeduldig von einem Fuß auf den anderen. Jetzt, wo ich mich von allen verabschiedet hatte, wollte ich es schnell hinter mich bringen.

Doch Kata lud Mama und Papa noch auf einen Kaffee ein.

„Außerdem haben Julie und Fritzi noch gar keine Ostereier gesucht", grinste sie.

„Ich hab mich schon gewundert", rief Julie, plötzlich total aus dem Häuschen. „Sonst hast du doch *immer* welche versteckt."

Ich wollte nicht. Ich wollte nur weg. Ganz schnell nach Hause, damit ich ungestört in mein Kopfkissen heulen konnte. Aber Julie zog mich mit sich. Wieder einmal.

Im kleinen Stall neben den Gastpferde-Paddocks fand jede von uns ein buntes Körbchen. Neben allerlei Süßigkeiten lag bei jeder von uns auch ein kleines rotes Kästchen darin.

„Was das wohl ist?", sagte Julie, befühlte das Geschenk und bekam ganz glänzende Augen vor Aufregung.

Ich hielt mein Kästchen in den Händen und traute mich nicht, es aufzumachen. Keine Ahnung, warum. Vielleicht, weil es von außen schon so schön war, dass der Inhalt es eh nicht toppen konnte.

Julie hatte da weniger Hemmungen und klappte schnell den kleinen Deckel auf. „Ohhh ... ist die schön", hauchte sie. „So eine Gürtelschnalle habe ich mir schon immer gewünscht."

Auffordernd sah sie mich an. „Öffne sie doch. Ich will wissen, ob du die gleiche hast."

Vorsichtig ließ ich das Kästchen aufspringen. Auf

rotem Samtbezug lag eine silberne Gürtelschnalle, die ein steigendes Pferd darstellte.

„Die war-war doch be-bestimmt total teuer", stammelte ich. Völlig baff darüber, dass Kata mir so ein wertvolles Geschenk machte.

Und das war längst nicht alles: Hinter dem Körbchen lag noch ein etwas größeres flaches Paket.

Für Fritzi, stand darauf.

„Mach auf, hopp, hopp, Schnecke ..." Julie platzte fast vor Neugier. Sie hatte kein weiteres Geschenk von ihrer Familie bekommen. Aber das schien sie nicht besonders zu stören.

Meine Finger zitterten ein kleines bisschen, als ich das Geschenkpapier aufriss. Zum Vorschein kam ein weißer Holzbilderrahmen. Und das Motiv darin trieb mir zum zweiten Mal an diesem Tag die Tränen in die Augen.

„Wann hat sie das denn gemacht?", staunte Julie.

Auf dem Foto waren Julie und ich zu sehen. Julie hatte den Arm um meine Schulter gelegt und in unserer Mitte stand Fohli auf seinen staksigen Beinen. Wir strahlten um die Wette.

„Das war an dem Tag, als wir Fohli das erste Mal auf den Paddock gebracht haben“, schniefte ich.

Julie sah mich an. „Weinst du etwa?“

„Quatsch.“

„Kacke!“, erwiderte Julie und schon schossen auch ihr die Tränen in die Augen. „Wenn andere heulen, muss ich immer mitflennen.“

14. Kapitel

Mein Zimmer kam mir fremd vor. Dabei war ich doch nur zwei Wochen fort gewesen.

Mama hatte mir einen bunten Strauß mit Ostereiern auf den Schreibtisch gestellt. Daneben stand ein ganz ähnliches Körbchen mit Süßigkeiten, wie ich es von Kata bekommen hatte.

„Ach, Fritzi, nun lass doch den Kopf nicht so hängen." Mama war hinter mir ins Zimmer getreten.

„Ich vermisse Julie jetzt schon", flüsterte ich.

Mama streichelte mir über den Kopf. „Aber ihr könnt euch doch schreiben. Und auch regelmäßig telefonieren."

„Das ist nicht dasselbe", entgegnete ich gerade, als Papa mit meiner Reisetasche hereinkam.

Seufzend stellte er sie auf mein Bett und sah mich

dann kopfschüttelnd an. „Fritzi, Fritzi, erst wolltest du nicht zur Eagle-Free-Ranch und jetzt bist du sooo traurig. Wenn ich das vorher geahnt hätte, dann hätten wir dich gar nicht dorthin gebracht."

Ich verschränkte die Arme vor der Brust und blickte demonstrativ in die andere Richtung. Papa verstand mich sowieso nicht. Und Mama auch nicht. Da konnten sie sich noch so viel Mühe geben. Sie wussten nicht, wie das war, wenn man eine ganz besondere Freundin gefunden hatte und sie dann gleich wieder hergeben musste. Und die Pferde und Kata, Ralf, Ben, Fohli …

Der Gedanke brannte höllisch.

Mama wollte mich in den Arm nehmen, aber ich wich zurück. Sie zog die Augenbrauen zusammen, wie sie es immer tat, wenn ihr etwas nicht gefiel.

„Fritzi, jetzt übertreibst du es aber", fand sie mit tadelnder Stimme. „Hier hast du schließlich auch deine Freunde. Und den Kronsberghof. Das kann doch nicht plötzlich alles schlecht sein."

Ich schüttelte den Kopf. „Ist es ja auch nicht", wisperte ich. „Aber eben anders …"

In der Nacht träumte ich von Fohli. Allerdings war er kein Fohlen mehr, sondern ein stolzer Hengst und ich ritt auf ihm. Im gestreckten Galopp donnerten wir am Aueufer entlang. Was danach geschah, wusste ich am nächsten Morgen nicht mehr, als ich von Mama geweckt wurde.

„Guten Morgen, Fritzi. Na, hast du gut geschlafen?"

Ich streckte mich und gähnte. „Ich habe von Fohli geträumt ..."

Mama zog gleich wieder die Augenbrauen zusammen. So allmählich hatte sie wohl genug von Julie, Fohli, Ben und der Eagle-Free-Ranch. Doch dann lächelte sie plötzlich, irgendwie geheimnisvoll.

„Okay, *deinen Fohli* kann ich dir nicht bieten. Aber vielleicht gibst du dich ja auch mit jemand anderem zufrieden?!"

Während ich sie noch nichtsahnend ansah, drückte sie mir das Telefon in die Hand.

„Für mich?"

Sie nickte und verließ mein Zimmer.

„Hallo?", murmelte ich in den Hörer.

„Hey, du Schlafmütze, sag bloß, du liegst noch im

Bett“, hörte ich Julies vergnügte Stimme am anderen Ende der Leitung. „Hopp, hopp, raus aus den Federn.“

„Julie ... oh ... das ist ja toll, dass du anrufst ...“

„Finde ich auch. Weißt du, was heute Nacht passiert ist?!“

„Nein?“ Wie sollte ich auch?

„Mannur hat ihr Fohlen bekommen. Eine kleine Stute. Ich war die ganze Zeit dabei. Das war vielleicht ein Erlebnis.“

„Oh, wie schön“, freute ich mich, obwohl der kleine Stich in meinem Herzen ganz schön fies wehtat.

Mein Blick fiel auf das Foto, das Kata mir geschenkt hatte. Es hatte wie die Gürtelschnalle einen Ehrenplatz auf meinem Bücherregal bekommen.

Wie gern wäre ich jetzt in diesem Moment bei Julie und den anderen.

„Aber darum rufe ich eigentlich gar nicht an“, holte Julie mich aus meiner Friedhofsstimmung.

„Warum denn dann?“

Ich konnte regelrecht hören, wie Julie am anderen Ende der Leitung die Luft anhielt. Sie machte es wirklich spannend.

„Ich habe vorhin mit meiner Mama telefoniert. In den Sommerferien werde ich die ersten drei Wochen auf der Eagle-Free-Ranch sein. Das heißt, nicht wirklich: Ben gibt auf einem Arabergestüt einen Lehrgang und reitet auch noch zwei Dreijährige ein. Ich werde ihn begleiten."

„Das klingt aufregend", freute ich mich für Julie.

„Finde ich auch", erwiderte sie trocken. „Deshalb kommst du auch mit."

„Ich? Quatsch. Das geht doch gar nicht."

Julie lachte. „Und wie das geht. Es sei denn, du willst nicht?!"

Ich kratzte mich am Hinterkopf. Plötzlich war ich

völlig aus dem Häuschen und wusste doch, dass es unmöglich war.

„Aber …"

„Nichts aber", fiel Julie mir ins Wort. „Wir haben zeitgleich Sommerferien. Das habe ich schon alles nachgeschaut und Ben findet die Idee super. Dann hänge ich wenigstens nicht allein rum, wenn er arbeitet, meint er."

Mein Herz begann etwas schneller zu klopfen. Das klang wirklich, wirklich fantastisch. Aber ich wusste, dass Mama und Papa das niemals erlauben würden. Garantiert.

„Julie, ich würde so gerne mitkommen, so, so gern. Aber meine Eltern …"

Erneut ließ Julie mich nicht ausreden. „Haben schon Ja gesagt. Ben hat gerade alles mit ihnen besprochen. Was sagst du nun?!"

Gar nichts. Denn ich konnte nicht. Sämtliche Wörter waren weg. Da war nur noch so ein irres Glücksgefühl.

„Also, was ist nun, sagst du Ja?", hakte Julie nach ein paar Augenblicken Stille nach.

„Ja“, hauchte ich in den Hörer und hätte vor Freude die ganze Welt umarmen können.

„Dann sehen wir uns im Sommer“, sagte Julie mit feierlicher Stimme.

„Ja“, erwiderte ich überglücklich. „Dann sehen wir uns im Sommer.“

Die Eagle-Free-Ranch ...

... in Staken gibt es auch im wahren, echten Leben!

Allerdings heißen die Besitzer nicht Ben, Kata und Ralf – die Ranch befindet sich seit vielen, vielen Jahren im Besitz der Familie Reinkehr.

Umgeben von der herrlichsten Natur, bietet die Eagle-Free-Ranch Vierbeinern und ihren Besitzern gut 15 Hektar Weide im Sommer, geräumige Boxen, für Stuten und Wallache sowie jeweils 2.000 m^2 große Sandausläufe. Dazu kommt ein großes Ausreitgelände.

Vor vielen Jahren hat es auch die Autorin nach Staken zur Familie Reinkehr geführt – ihre Pferde Mescalero, Santana und Leo haben schöne Jahre dort verbracht. Später hat sie von Danny Reinkehr ihr erstes (und bisher einziges) Fohlen gekauft. El Waha Rashun, ein Vollblutaraber.

Die Autorin erinnert sich gern an die schönen Jahre auf der Eagle-Free-Ranch zurück und hat daher „Fritzi" dorthin reisen lassen.

Natürlich sind alle Figuren und Geschehnisse frei erfunden, aber ein kleines bisschen hat Lucie May sich von dem Ranch-Leben in Staken beim Schreiben doch beeinflussen lassen.

Mehr Informationen findet ihr hier: *www.eagle-free-ranch.de*

Lucie May lebt mit ihrem Mann, vier Kindern, zwei Hunden und zwei Pferden in der Nähe von Hannover.
Schon als kleines Mädchen beschloss sie, später einmal Pferdebursche, Springreiter oder Schriftstellerin zu werden. Inzwischen schreibt sie sehr erfolgreich für junge Leser.
Wen einmal das Pferdefieber gepackt hat, den lässt es nie wieder los – davon ist die Autorin fest überzeugt und auch ziemlich glücklich darüber.

Dagmar Henze wurde 1970 in Stade an der Unterelbe geboren. Nach dem Abitur zog es sie erst nach Hamburg und danach in die weite Welt. In Indien wurde ihr dann klar, dass sie Graphik Design studieren wollte, und so ging es zurück nach Hamburg, wo sie an der Universität für Angewandte Wissenschaften Graphik Design mit dem Schwerpunkt Kinderbuchillustration studierte.

Schnell weiterlesen!

Fritzi Pferdeglück
Rettung für das Araber-Gestüt
ISBN 978-3-649-61375-6

Sommerferien und ganze zwei Wochen auf einem edlen Araber-Gestüt – besser geht's nicht, findet Fritzi. Aber was ist nur mit Julie los? Seit ihrer Ankunft auf dem Hof meckert sie in einer Tour herum. Liegt das daran, dass sie ihre geliebte Stute Sunny zu Hause lassen musste? Oder steckt noch mehr dahinter?
Doch schon bald hat Julie keine Zeit mehr zum Trübsalblasen, denn auf dem Araber-Gestüt passieren immer wieder seltsame „Unfälle". Fritzi und Julie versuchen, der Sache auf den Grund zu gehen, aber dann schweben plötzlich Ben und eines der Dressurpferde in großer Gefahr …

Hörbuch-Spaß mit Fritzi

Fritzi Pferdeglück
Das Fohlen von der Westernranch (Hörbuch)
ISBN 978-3-649-61737-2

Gleich reinhören!

Fritzi Pferdeglück
Rettung für das Araber-Gestüt (Hörbuch)
ISBN 978-3-649-61738-9

Gleich reinhören!

Gelesen von Anna Fischer

Schmöker für echte Pferdefans

Die schönsten Geschichten vom Reiterhof Rosenburg

ISBN 978-3-649-61695-5

Antonia ist aufgeregt, denn der berühmte Reiter Marcel Bonhumeur will drei seiner kostbaren Pferde auf dem Rosenburg-Hof unterstellen. Aber als die Tiere auf dem Gestüt eintreffen, gibt es große Probleme mit dem edlen Wallach Elfentanz. Nur Antonia spürt sofort eine tiefe Verbundenheit mit dem Pferd und tatsächlich lässt sich Elfentanz nach kurzer Zeit von ihr anfassen und sogar reiten. Doch Marcel Bonhumeur hat strikt verboten, dass sich ein junges Mädchen um sein Pferd kümmert. Als der Reiter während eines Gewitters unerwartet auf dem Hof auftaucht, kommt es fast zur Katastrophe …

Drei spannende Abenteuer auf dem malerischen Rosenburg-Gestüt lassen die Herzen von Pferdefans höher schlagen.

Sommerspaß
auf Ponyhof Mühlental
ISBN 978-3-649-60562-1

Sommergeschichten
vom Ponyhof Mühlental
ISBN 978-3-649-61287-2

Reiterferien
auf Ponyhof Mühlental
ISBN 978-3-649-61504-0

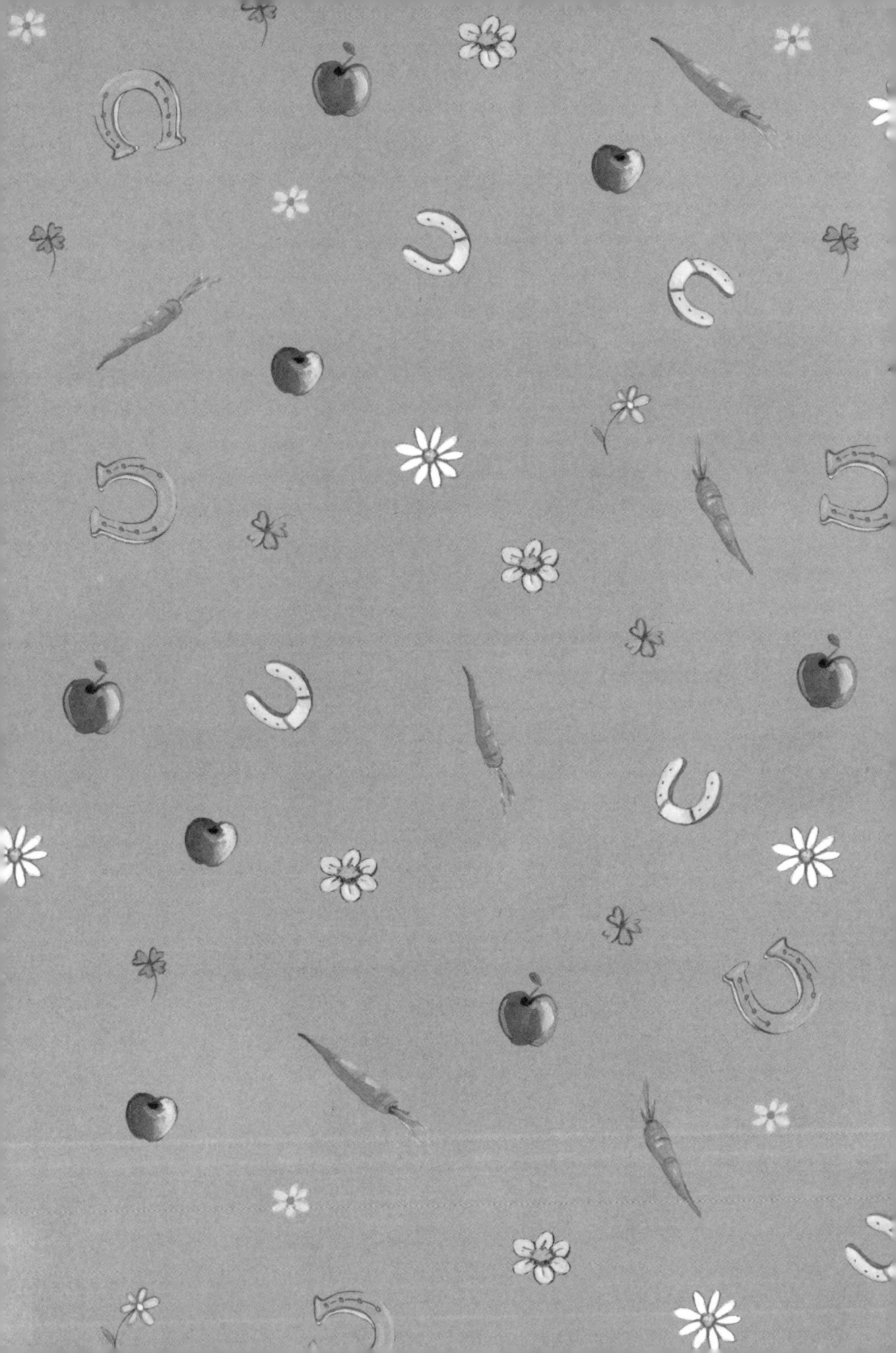